AF187381

Paul de Kock

Martins Esel

Humoristischen Roman

Paul de Kock

Martins Esel
Humoristischen Roman

ISBN/EAN: 9783744601863

Hergestellt in Europa, USA, Kanada, Australien, Japan

Cover: Foto ©Andreas Hilbeck / pixelio.de

Weitere Bücher finden Sie auf **www.hansebooks.com**

I.

Eine Gesellschaft in der Provinz.

Eines Abends im Jahre Eintausend achthundert zwei-
undsechzig — der Leser sieht, daß ich nicht weit zurückgreife
— war bei Herrn und Madame Grospré in dem Städtchen ** eine ziemlich zahlreiche Gesellschaft versammelt.
Grospré war sehr angesehen und natürlich auch reich, denn
Ansehen ohne Reichthum ist kaum denkbar. Ich könnte den
Namen des Städtchens nennen, aber ich nenne ihn nicht,
weil ich glaube, daß es dem Leser ganz gleichgiltig sein
könne, wie das Städtchen heißt, und wenn es ihm nicht
gleichgiltig ist, so suche er ihn zu errathen.

Herr Grospré war einer der Notabeln des Orts; er
war Unternehmer von Bauten, vielleicht Baumeister oder
Maurermeister, vielleicht anfangs nur Maurergesell oder
Handlanger gewesen. Die Hauptsache war, daß er's zu
etwas gebracht hatte. — Wissen Sie wohl, was ein Mann
ist, der's zu etwas gebracht? Ich will thun, als ob Sie
es nicht wüßten.

Ein Mann, der's zu etwas gebracht hat, ist Jemand,
der ein großes Vermögen erworben oder wenigstens so viel
zusammengescharrt hat, daß er gemüthlich, ohne etwas zu
thun, leben kann. Wenn man einen Freund oder Bekann-

ten ein Haus machen, Gastgebote geben, Gesellschaft em=
pfangen, und dabei gar kein Geschäft mehr treiben sieht,
so pflegt man zu sagen: »Er scheint's zu etwas gebracht
zu haben!«

Und sobald man's zu etwas gebracht hat, wirft man
sich in die Brust, nimmt einen geckenhaften Gang an, er=
laubt sich im Gespräch einen zuweilen an Impertinenz strei=
fenden kecken Ton, und ist überall wohlgelitten. Es ist
sogar ziemlich selten, daß man sich erkundigt, wie es Je=
mand zu etwas gebracht hat, denn nicht alle Wege, auf
denen man sein Glück macht, sind rein und gerade, nicht
alle Mittel, die man anwendet, sind tadellos. Aber wenn
man immer den Dingen auf den Grund gehen müßte, so
würde man viel Niedertracht finden, man geht also lieber
darüber hinweg.

Herr Grospré war ein Mann von fünfundfünfzig
Jahren, aber groß, wohlbeleibt, herkulisch gebaut, kurz er
war das, was man einen handfesten Mann zu nennen pflegt.
Er war weder schön noch häßlich, aber sein hoher Wuchs
und seine athletischen Formen hatten ihn bei dem anderen
Geschlechte beliebt gemacht; es gibt Frauen, die eine große
Vorliebe für herkulisch gebaute Männer haben; sie ver=
gessen, daß der Schein oft trügt. Doch das ist ihre Sache,
uns kümmert es nicht.

Grospré hatte sich glücklich schätzen können, daß er mit
seiner Figur Eroberungen gemacht, denn mit seinem Geiste
hätte er nie welche machen können, weil er völlig geistlos
war. Der Geist ist jedoch keineswegs nothwendig, um es zu
etwas zu bringen; das beweist die tägliche Erfahrung: ee

gibt einen beschränkten Verstand, der nur Geld zu machen weiß, und dieser ist viel gewöhnlicher als jener.

Wir wollen damit nicht behaupten, daß man durchaus dumm sein müsse, um reich zu werden; nein, dem Himmel sei Dank, das ist nicht der Fall. Ueberdies wären Voltaire und Beaumarchais immer da, um uns zu widersprechen.

Madame Grospré ist zehn Jahre jünger als ihr Mann; sie ist wohl kaum geistreicher als er, aber sie ist einmal ziemlich hübsch gewesen; ihr Gesicht, das schon mit sechzehn Jahren gewöhnlich und nichtssagend war, wäre es im vierzigsten noch mehr geworden, wenn sie sich nicht durch ein gewisses schwärmerisches Lächeln, durch verfängliche Blicke und leise Seufzer interessant zu machen gesucht hätte. Ihre Anwandlungen von Empfindsamkeit setzen Andere in Verlegenheit, und ihre schmachtenden Blicke sind nur allzuleicht zu verstehen.

Phöbe, so heißt die Dame mit ihrem Taufnamen, ist eine Vollblut=Pariserin. In Paris gibt es jedoch so viele hübsche, anmuthige, geistreiche, reizende Frauen, daß Phöbe mit ihrem Alltagsgesicht und ihren bald schalkhaften, bald schmachtenden Blicken nicht viel Aufsehen machte, und so hatte sie aus Aerger über die unbedeutende Rolle, welche sie in der Pariser Gesellschaft spielte, dem Bauunternehmer Grospré ihre Hand gereicht. Grospré hatte eine Reise nach der Hauptstadt gemacht und das Fräulein kennen gelernt; er hatte erfahren, daß Phöbe eine sehr runde Summe als Heiratsgut besaß.

Der stattliche Mann hatte die Ehe nur als Geschäfts= sache betrachtet, und als ein Mittel, schneller reich zu wer= den. Phöbe hatte sich entschlossen, in einer kleinen Pro=

vinzstadt zu leben, weil sie hoffte, daß sie daselbst in Puß
und persönlicher Liebenswürdigkeit keine Rivalinnen haben
würde. Vielleicht waren die herkulischen Formen ihres
Bräutigams ihrem Entschlusse nicht fremd geblieben. Aber
in ihrem zwanzigjährigen Ehestande hatte Madame Grospré
oft und mit tiefen Seufzern geklagt, wie sehr man Unrecht
habe, nach dem Schein zu urtheilen.

Wir haben nun die Bekanntschaft des Grospré'schen
Ehepaares gemacht, wir müssen nun auch Andere kennen ler=
nen. Da ist Herr Liroquet, ein fünfzigjähriger Hagestolz, der
immer sagt, er werde sich nächstens verheiraten, obgleich er
gar keine Lust dazu hat; aber es ist ein recht gutes Mittel, in
Häusern, wo Töchter unter die Haube zu bringen sind,
wohl gelitten zu sein. Uebrigens ist er ein recht angenehmer
Gesellschafter, der alle Spiele spielt, aber denen, die mit
Pfändergeben und Küssen verbunden sind, den Vorzug
gibt.

Madame Rifflard, eine Witwe, die schon vier Män=
ner zu Grabe geleitet hat, möchte troß ihrer fünfzig Jahre
gern das fünfte Eheband knüpfen, wenn sich ein Mann
fände, der zu diesem Antrage den Muth hätte; aber es
findet sich keiner.

Das Ehepaar Postulant ist bereits in reifem Alter.
Herr Postulant ist Apotheker und gibt sich auch für einen
Arzt aus; er behauptet, mit einem von ihm erfundenen
Elixir mehr Leute curirt zu haben, als der Doctor des Orts
mit seinen Recepten.

Madame Postulant ist sehr häßlich; sie ist nicht dumm,
aber sie verlästert alle Leute, selbst Personen, welche sie nie
gesehen hat. Man kann sich vorstellen, was sie von ihren

Freunden spricht! Sie führt gern das große Wort und ge=
fällt sich in geschraubten Wortfügungen.

Boulingrin, vormaliger Notar, ist ein sehr gutmüthi=
ger Mann, der keinem Menschen in's Wort fällt oder
widerspricht, und um glücklich zu sein nur einen Wunsch
hegt: jeden Abend seine Partie Whist, oder Piquet, oder
Trictrac, oder schwarzen Peter, oder Domino machen zu
können; wenn er nur spielen kann, so liegt ihm wenig
daran, was Andere thun.

Boulingrin hat eine zwanzigjährige Nichte, Fräulein
Mignonette, die recht hübsch, munter, scherzhaft, aber sehr
neugierig und viel zu schwatzhaft für ein junges Mädchen
ist. Diesen Fehler duldet man wohl bei alten Frauen, aber
bei einem Mädchen ist er widerwärtig.

Herr und Madame Breillet sind junge Eheleute, die
für einander schwärmen und ihre Zeit mit Zanken und
Aussöhnen hinbringen; dies führt zuweilen zu vertraulichen
Scenen, durch welche die Zeugen in nicht geringe Verle=
genheit gesetzt werden.

Arthur Breillet hat einen Weinhandel, aber en gros,
nur en gros, wie seine Frau bei jeder Gelegenheit betont.
Madame beschäftigt sich nur mit ihrem Anzuge, mit der
neuesten Form der Hüte, mit Putz überhaupt. Sie ist auf
alle kleinen rosenrothen und grünen Pariser Journale abon=
nirt, welche den Schnitt eines Kleides gründlich erörtern
und ihren Abonnenten Modebilder mit den Adressen der
beliebtesten Lieferanten zuschicken.

Endlich Madame de Beaurivage, eine vormalige Mar=
quise oder Gräfin, man weiß es nicht ganz genau. Aber die
Dame muß, nach ihren Aeußerungen zu urtheilen, sehr

adelig sein, denn unter ihren Ahnen nennt sie Gottfried von Bouillon. Sie hat viel Unglück gehabt; ihre Eltern, welche Franzosen waren, haben ihr Heimatland verlassen, und sie kann ihr Vaterland nicht angeben, denn sie hat auf einem Schiffe während der Ueberfahrt nach England das Licht der Welt erblickt. Ist sie also eine Französin oder eine Engländerin? Diese Frage möge der geneigte Leser entscheiden.

Aber Monsignon, der Poet des Städtchens, in wel= chem die Dame ihren dauernden Aufenthalt genommen, hat nicht ermangelt, sie mit Venus zu vergleichen, denn sie ist ja eine Tochter des Meeres. Madame de Beaurivage hat die Idee sehr treffend gefunden, und glaubt der Familie der Cypria und des Cupido anzugehören. Leider ist die alternde Dame sehr taub geworden und wird dadurch in Gesellschaft zuweilen höchst lästig.

Den Beschluß macht der eben erwähnte Poet, ein Rentier in mittleren Jahren, der seit zwölf Jahren an einem Lustspiel arbeitet, ohne den von ihm selbst geschürz= ten Knoten lösen zu können. Nennen wir endlich noch zwei junge Mairie=Beamte, von denen der eine sich beständig im Spiegel betrachtet und den Faltenwurf seiner Beinkleider in Augenschein nimmt, während der andere, der weit klü= ger ist, nur für Diners, Bälle und Soupers schwärmt — so hat der Leser einen ziemlich deutlichen Begriff von der Gesellschaft, welche eines Abends, wie ich im Anfange dieses Capitels zu sagen die Ehre hatte, bei Grospré ver= sammelt war.

II.

Madame Valbrun.

Wir glaubten die ganze, bei Grospré versammelte
Gesellschaft vorgestellt zu haben, aber wir haben die Per=
son, welche man als die liebenswürdigste und reizendste
dieser Versammlung betrachten könnte, mit Stillschweigen
übergangen. Man wird vielleicht sagen, dies spreche nicht
sehr zu ihren Gunsten, denn die Porträts, welche wir
flüchtig gezeichnet haben, sind nichts weniger| als schmei=
chelhaft.

Hier haben wir's mit einer wirklich sehr anziehenden
jungen Dame zu thun. Sie ist keine Schönheit; aber ist es
denn, um anziehend und liebenswürdig zu sein, durchaus
nothwendig, vollkommen regelmäßige Gesichtszüge, ein
Ideal von einer Nase, einen makellosen Mund und Per=
lenzähne zu haben? Nein, denn mit dem schönsten griechi=
schen Profil, mit der correctesten Nase und dem tadellose=
sten Munde kann uns ein weibliches Wesen kalt lassen und
nicht den mindesten Eindruck machen. Findet man hinge=
gen eine Person anziehend, so ist es ein Beweis, daß sie
gefällt. Und wodurch gefällt sie? Zuweilen durch ihr Lä=
cheln, oft durch den Ausdruck des Blickes. Die größten
Augen sind nicht immer die ausdrucksvollsten. Man kann
auch durch den Reiz der Gesichtszüge oder durch den Zau=
ber der Stimme gefesselt werden. — Doch ich brauche alles

dies wohl nicht zu sagen, der Leser wird es wohl eben so gut wissen wie ich.

Madame Valbrun ist sechsundzwanzig Jahre alt: ein recht hübsches Alter für eine Frau! Es ist auch für einen Mann nicht unangenehm; aber welch ein Unterschied! Mit sechsundzwanzig Jahren ist ein Mann noch ein Sausewind, ein leichtsinniger Patron; er denkt nur an Unterhaltungen; er verliebt sich in jede Schürze; er würde hundert Geliebte haben, wenn es ihm seine Mittel erlaubten.

Man wird mir einwenden, daß es auch verständige, beharrliche, treue junge Männer gebe. Das ist wohl möglich, aber es sind Ausnahmen und bekanntlich wird jede Regel durch Ausnahmen bewiesen. Unter uns gesagt, ich weiß nicht warum, mir wäre eine Regel ohne Ausnahme viel lieber; aber man hat diese Beweisführung einmal angenommen.

Um wieder auf die sechsundzwanzigjährigen Frauen zu kommen, so wiederhole ich: welch' ein Unterschied zwischen einem Manne von gleichem Alter! Mit sechsundzwanzig Jahren ist eine Frau verständig, oder sie wird es nie. Dann erst kennt sie ihr Herz, sie verschenkt es nicht leicht, sie liebt nicht mehr aus Laune; vorausgesetzt nämlich, daß sie für Liebe empfänglich sei, denn wir sehen Frauen, welche nie gewußt haben was Liebe ist, und im Allgemeinen sind es eben die, welche die meisten galanten Abenteuer haben. Vielleicht suchen sie immer jene Liebe, welche sie nicht fühlen.

Clementine Valbrun ist von mittler Größe, aber schön gewachsen; es liegt eine eigenthümliche Anmuth in ihrer

Haltung, in ihren geringsten Bewegungen und sie trägt keine Crinoline — hören Sie wohl, meine Damen, die Sie sich mit eisernen Reifen umpanzern und von weitem umgekehrten Trichtern gleichen. Es thut mir sehr leid, durch diesen Ausspruch Ihr Mißfallen zu erregen; aber ich versichere, daß ich in Ihrem Interesse spreche und daß es sehr wenig Männer gibt, die nicht meiner Meinung sind. Haben Sie denn nicht gefallen, bevor Sie Crinolinen trugen? Haben Sie damals keine Eroberungen gemacht? Ja wohl, ebenso viel wie jetzt! Wozu nützt es also, sich so aufzublasen?

Ich höre Sie antworten: Gutgewachsene Frauen können die Crinoline wohl entbehren ... aber die, welche sich dessen nicht rühmen können, denen es an — Formen gebricht! — Ich nehme Act von dieser Erklärung und schließe daraus, daß alle crinolisirten Damen wie Besenstiele gebaut sind.

Ferner werden Sie vielleicht einwenden: Ihre Madame Valbrun mit der wunderhübschen Haltung trug höchst wahrscheinlich mehre steifgestärkte Röcke! — Auf diesen Einwurf kann ich nicht antworten; ich bin nie in die Lage gekommen, die Röcke, welche diese Dame trug, zu zählen ... und ich bedauere es. Die Röcke tadle ich nicht; sie machen uns wenigstens keine Wunden an den Beinen, wenn wir im Theater oder im Omnibus bei Ihnen sitzen.

Clementine ist brünett, ihre Augen sind von gleicher Farbe wie ihr Haar. Ich will weder die Größe noch die Form ihrer Nase beschreiben; ihr Mund hatte einen ernsten Ausdruck, wurde aber reizend, wenn sie lächelte, was übrigens selten war; sie hatte gewöhnlich einen ziemlich kalten, zuweilen etwas melancholischen Gesichtsausdruck.

Warum hatte sie einen melancholischen Gesichtsausdruck? Die Erklärung läßt sich leicht geben.

Clementine, in Paris geboren, von ihrer früh verwitweten und sie innig liebenden Mutter erzogen, hatte das achtzehnte Jahr erreicht, ohne den geringsten Kummer, den kleinsten Verdruß empfunden zu haben. Das Vermögen ihrer Mutter war genügend für zwei Personen, deren Ansprüche an das Leben bescheiden waren, und die im Theater nicht die ersten Plätze suchten.

Madame Darbelle, Clementinens Mutter, wünschte ihre Tochter vermält zu sehen, aber sie ließ ihr volle Freiheit in der Wahl eines Gatten; sie wußte, daß Clementine ihre Liebe keinem Unwürdigen schenken würde. Clementine sehnte sich keineswegs nach einer Heirat; sie fühlte sich so glücklich bei ihrer Mutter, und sie dachte mit Recht: das Glück, das man hat, ist immer besser als jenes, welches man hofft.

Mehre Partien boten sich dar. Einige waren höchst anständig, aber nicht nach dem Sinne Clementinens, welche erklärte, sie werde nur unter der Bedingung, sich nie von ihrer Mutter zu trennen, in eine Heirat willigen.

Es gibt Männer, welche eine Schwiegermutter durchaus nicht bei sich haben mögen; sie fürchten, daß ihre geringsten Handlungen beobachtet werden, daß die Frau Recht bekomme, wenn sie Unrecht hat, und daß sie selbst Unrecht bekommen, wenn sie Recht haben. Diese Männer sind in der That recht lächerlich.

Endlich kam ein recht verständiger, sanfter, exempla-

rischer junger Mann, der wie ein Mädchen erzogen wor=
den war, der niemals einen dummen Streich gemacht, nie=
mals eine Intrigue gehabt hatte und der ein halbes
Dutzend Schwiegermütter zu sich genommen haben würde,
wenn man sie ihm zugetheilt hätte.

Eduard Valbrun war überdies ein sehr hübscher jun=
ger Mann; eine Eigenschaft, die bei dem andern Geschlecht
immer gebührende Anerkennung findet. Er gefiel Clemen=
tinen, zumal durch sein schüchternes, verständiges, zurückhal=
tendes Wesen und durch die ehrerbietige Fügsamkeit gegen
Madame Darbelle. Sie dachte: Mit diesem Manne werde ich
glücklich sein, er wird mir treu sein, er ist anspruchslos wie ich,
er gefällt sich bei meiner Mutter; er ist kein Windbeutel,
kein Geck, auch kein Verführer, wie sich dessen die meisten
jungen Männer rühmen, die mir den Hof machen und die
sich nicht entblöden, mit ihren Eroberungen zu prahlen. Ich
will Eduard Valbrun erhören.

Und mit neunzehn Jahren wurde Clementine Ma=
dame Valbrun. Achtzehn Monate nach ihrer Vermälung
verlor sie ihre Mutter; ein Jahr später fing der sanfte,
verständige Mann an ausschweifend zu werden, er trieb
sich mit Figurantinnen, dann mit Schauspielerinnen und
Tänzerinnen umher. Endlich bekam er ein Duell und ließ
sich todtschießen, weil er behauptet hatte, sein Balletmäd=
chen hebe beim Tanzen den Fuß eben so hoch auf wie die
berühmte Rigolboche.

O Zeiten! o Sitten! — Ein unschuldiges, liebens=
würdiges Mädchen glaubt glücklich zu werden mit einem
jungen Manne, der nie ein weibliches Wesen anzusehen
gewagt ... und nach dreijähriger Ehe macht er so viel

dumme Streiche wie der größte Roué in der Zeit der Regentschaft!

Clementine ward nun völlig enttäuscht. Der Tod ihres Mannes entlockte ihr Thränen, aber die Ursache dieses Todes milderte den Schmerz. Denn einen Mann, der sich wegen einer Buhldirne todtschießen läßt, kann man nicht lange beweinen.

Wenn aber die junge Witwe gar bald aufhörte ihren Gatten zu beweinen, so blieb doch der tiefe Schmerz über ihre verlorenen Täuschungen. Alles was sie gehofft und erwartet hatte, alle ihre Begriffe von Liebe, von der Vereinigung zweier Herzen, alle ihre Pläne für die Zukunft waren zerronnen, wie ein Kartenhaus durch einen Windstoß niedergeworfen wird. Daher kam der fast immer ernste Gesichtsausdruck dieser jungen Frau, die, betrogen von einem Manne, den sie für ein Muster von Verstand und Ehrbarkeit gehalten, nun die schlechteste Meinung von den Männern hatte. Sie beurtheilte, wie es oft der Fall ist, das ganze Stück nach dem Muster.

Die junge Witwe besaß zehntausend Francs jährlicher Einkünfte, sie wünschte nicht mehr; ihre Lebensweise war einfach, ihr Anzug elegant, aber ohne großen Luxus. Sie war noch reich genug, um Unglücklichen zu helfen und dies war ihre größte Freude. Clementine hatte den festen Entschluß gefaßt, sich nie wieder zu vermälen, und nach den bitteren Erfahrungen, die sie gemacht hatte, konnte sie wohl nicht mehr in Versuchung kommen, sich neue Fesseln anzulegen. Ob sie auch geschworen hatte, nicht mehr zu lieben? Es ist nicht wahrscheinlich; sie hatte einen zu klaren Verstand, um einen solchen Vorsatz zu fassen — und im Alter von sechsundzwanzig Jahren hätte sie einen Trauerflor über ihre Zukunft geworfen.

Clementinens Mutter war eine Cousine der Madame Grospré. Als diese erfuhr, daß die Tochter ihrer Cousine Witwe war, machte sie ihr den Antrag, einige Zeit in ihrem Städtchen zu wohnen, um sich zu zerstreuen, eine reinere Luft zu genießen und Erholung in der Stille des Provinz=lebens zu suchen.

Das Versprechen eines gemüthlichen Stilllebens hatte Clementine angelockt; sie hatte schon einmal Paris ver=lassen, um auf dem Lande zu wohnen, aber sie hatte die Ruhe, welche sie zu genießen wünschte, mitten unter den Bauern nicht gefunden. Eines schönen Tages gab sie den dringenden Einladungen ihrer Cousine nach; sie dachte: »Ich will eine Zeit lang an dem ruhigen Leben, an den einfachen Genüssen der Provinzbewohner theilnehmen; die Klein=städter sind vielleicht besser als die Naturmenschen, und wenn's mir dort besser gefällt als in Paris, so hindert mich nichts, dort meinen dauernden Aufenthalt zu nehmen.«

Und seit vierzehn Tagen wohnte Madame Valbrun bei der Familie Grospré, die ein sehr schönes Haus besaß, in welchem die zum Besuch kommenden Pariser Freunde leicht eine Wohnung erhalten konnten.

III.

Kleinstädtische Klatschereien.

Picard hat „la Petite Ville" geschrieben; es ist eines seiner hübschesten Stücke, es ist zumal wahr, aus dem Leben gegriffen und keineswegs übertrieben. Er hat nur vier kleine Acte gemacht. Man könnte deren eine große Menge schrei= ben über die Gewohnheiten, Lächerlichkeiten, Vorurtheile, Klatschereien und Sitten der Kleinstädter. Aber auf der Bühne muß man nicht zu viel sagen, die Handlung muß vorschreiten. Picard hat diesen Stoff gut behandelt. Man läuft weniger Gefahr, wenn man nur das Beste von einem Sujet abschöpft. In einem Buche hat man das Recht, sich auszubreiten, man kann nach Belieben plaudern.

Der Samstag war der Empfangstag bei Grospré; Abends versammelte sich dann die ganze feine Gesellschaft des Ortes. Man unterhielt sich mit verschiedenen Spielen, man plauderte, erzählte sich die Tagesneuigkeiten und dies war die Hauptbeschäftigung.

Im Salon stand ein Piano, aber man machte selten Musik, theils weil unter allen Gästen nur sehr wenige Piano spielten, theils weil diese Leute weit lieber klatsch= ten und Stadtneuigkeiten auskramten, als ein Lied oder eine Phantasie von Schubert anhörten. O die Wälschen! sie lieben die Musik nicht, wissen sie nicht zu schätzen. Dies allein mag zu ihrer Beurtheilung hinreichen.

Clementine hingegen war eine große Musikfreundin; sie spielte sehr gut Piano und ihre angenehme, von richti= gem musikalischen Gehör geleitete Stimme genügte, um ein Lied hübsch zu singen. Madame Grospré, die mit ihrer Cousine aus Paris gern Parade machte und nicht nur eine reiche Dame von zwanzigtausend Francs Renten, sondern auch eine Virtuosin, die sich mit der Alboni messen könne, aus ihr gemacht hatte, bat Clementine in den ersten Tagen nach ihrer Ankunft, sich an's Piano zu setzen. Clementine er=

füllte den Wunsch, denn sie glaubte der Gesellschaft einen Gefallen zu thun. Das erste Stück, welches sie spielte, wurde mit ziemlicher Aufmerksamkeit angehört, nur daß Madame Rifflard einige Male gähnte und Madame Postulant von einem all' zu hartnäckigen Husten befallen wurde. Aber bei dem zweiten Liede, das sie sang, wurde die Stimme der jungen Frau durch das Sprechen und Flüstern der Gesellschaft fast ganz übertönt; sie ließ daher die beiden letzten Strophen des Liedes weg und stand vom Piano auf, mit dem Vorsatze, vor dieser Gesellschaft nicht wieder zu spielen und zu singen. Sie wurde freilich laut applaudirt, als sie sich wieder an ihren Platz begab; aber sie konnte mit Recht denken: Man applaudirt, weil man froh ist, daß ich fertig bin!

Diesen Abend war Clementine noch nicht im Salon erschienen. Da es der Gesellschaftsabend war, so hatte sie sich in ihr Zimmer begeben, um sich umzukleiden, denn sie hatte bemerkt, daß ihre Cousine viel auf eleganten, modischen Anzug hielt, und eine Dame, die erst unlängst von Paris gekommen war, würde sich eines unverzeihlichen Vergehens schuldig gemacht haben, wenn sie nicht nach der allerneuesten Mode gekleidet gewesen wäre.

Die junge Witwe hatte schon in den ersten Tagen nach ihrer Ankunft einen schönen, sehr gut gepflegten Garten bei dem Hause ihrer Cousine liebgewonnen. Gärten sind selten in Paris; man hat jetzt freilich die Squares. Diese Gartenanlagen sind ein angenehmer Anblick auf einem Platz und ein sehr schöner Spaziergang für die Bonnen und Kinder, aber sie sind kein Ersatz für einen eigenen Garten, in welchem man frei und zu Hause ist, ohne daß man von Laffen oder Rothhofen angegafft wird und ohne einen Ball zwischen die Füße oder einen Drachenschweif in's Gesicht zu bekommen.

Clementine brachte also, wenn es das Wetter erlaubte, einen Theil des Tages im Garten zu; sie bemerkte bald, daß sie nur hier ein ruhiges, zufriedenes Leben führen konnte; denn sie hörte in den Straßen des Städtchens wohl nicht das unaufhörliche Wagengerassel, das in Paris etwas störend ist, aber im Hause ihrer Cousine hörte man beständig Stimmen und jede Stimme schien die andere an Ausdauer und Kraft überbieten zu wollen.

Die beiden Gatten lebten seit einiger Zeit nicht im friedlichsten Einverständniß; Grospré warf seiner Ehehälfte die übermäßigen Ausgaben für Puß und Modejournale vor. Madame nannte ihren Mann einen falschen Herkules und behauptete, er habe nicht mehr die Kraft, eine Flasche Bordeaux zu entkorken. Diese kleinen Zerwürfnisse entzogen sich der Oeffentlichkeit, oder wurden vor den Leuten wenigstens durch Stichelreden der Frau und durch das mürrische Gesicht des Mannes ersetzt.

Eine Dienstmagd, die seit fünfzehn Jahren im Hause war und sich Köchin nannte, weil sie geröstete Semmelschnitten auf den Spinat legte, versah zugleich Kammerjungferdienste bei Madame und machte ein verdrießliches Gesicht, wenn mehr als drei Personen zu Tische geladen wurden.

Grospré hatte einen Diener, der die Zimmer bürstete, die Stiefel pußte, die Kleider ausklopfte und an Galatagen das Tafelgeschirr wusch.

Ein alter tauber Bauer endlich besorgte den Garten und versah auch den Dienst als Hausmeister, obgleich er die Leute, welche die Thürglocke zogen, oft ein paar Stunden warten ließ.

Aber wenn Madame ihre Magd auszankte, so hatte Monsieur nichts Eiligeres zu thun, als seinen Diener tüchtig abzukanzeln, um zu zeigen, daß er das Recht habe, ebenso laut zu schreien wie seine Frau, und der Gärtner, der glaubte, er werde gerufen, rief seinerseits aus Leibeskräften: »Ich komme schon ... ich kann ja nicht überall sein!«

Diese kleinen Schreiconcerte gehörten zu dem ruhigen, gemüthlichen Leben, das man in Grospré's Hause genoß.

In den Samstagsgesellschaften und in den Cirkeln, wo die Cousine sie vorgestellt hatte, war Klatscherei fast unaufhörlich der Gegenstand des Gespräches, vielleicht sogar Verleumdung, aber immer das Bedürfniß, über Abwesende zu spotten, die Mängel an Freunden, die Lächerlichkeiten an Bekannten aufzufinden.

Diese Art sich zu unterhalten war keineswegs nach Clementinens Geschmack; sie mochte manchmal wohl über einen guten Witz lachen, aber es machte ihr durchaus kein Vergnügen, unaufhörlich schlecht von Anderen sprechen zu hören, selbst von Personen, die man nachher mit Complimenten, Schmeicheleien und Freundschaftsversicherungen überhäufte.

»Diese Leute sind falscher, hämischer als die Pariser,« sagte die junge Witwe zu sich; »und wenn der schöne Garten nicht wäre, so würde ich wohl schon auf das

ruhige, gemüthliche Leben in der Provinz verzichtet
haben.«

»Ihre Frau Cousine ist doch nicht unpäßlich? Man
sieht sie ja nicht,« fragt Liroquet, der eben in Grospré's Salon erschienen ist.

»Nein, sie wird bald erscheinen, sie ist noch bei der
Toilette. Sie können leicht denken, daß eine Dame aus
Paris nicht so schnell mit ihrem Anzuge fertig wird, wie
wir Frauen in der Provinz.«

»Auf jeden Fall,« sagt Postulant, »bezweifle ich, daß
Madame Valbrun längere Zeit zu ihrem Kopfputz braucht,
als die Gemalin des Maire-Adjuncten. Ich holte sie vor-
gestern mit meiner Frau in die Abendgesellschaft des No-
tars ab; sie sagte, daß sie nur noch ihren Hut aufzusetzen
habe, und sie ließ uns eine volle halbe Stunde warten.«

»Drei Viertelstunden, lieber Mann; ich versichere,
daß wir drei Viertelstunden warteten!«

»Es ist wohl möglich; genug, es war unschicklich . . .«

»Wollen wir heute keine Partie machen?« sagte Boulingrin, der sich in einem Fauteuil streckte.

»Sogleich, Nachbar, es ist noch nicht spät. Herr Monfignon wird bald kommen, er wird beim Whist den vierten
Mann machen.«

»Ich spiele eben so gern Whist mit dem Strohmann;
in Paris spielt man's jetzt fast immer so, wie ich höre.«

»Ich danke! ich mag der Strohmann nicht sein,« erwiedert Grospré; »man muß doppelt zahlen, wenn man
verliert, und ich finde das nicht unterhaltend.«

»Wird uns Ihre Frau Cousine diesen Abend einen
Ohrenschmaus bereiten?« fragte Madame Beaurivage;

»gestern bei Madame Rifflard wollte sie trotz dringender Bitten durchaus nicht singen.«

»Nun, die Pariser Damen — Sie wissen ja — sie sind nicht immer geneigt, einen Wunsch zu erfüllen.«

»Ich halte Ihre Frau Cousine für etwas launisch,« setzte die Apothekerin hinzu. »Um ihr Pianospiel beur= theilen zu können, hätte ich müssen die Ouverture zu »Wil= helm Tell« von ihr spielen hören.«

»Oder zu der »Caravane,« meinte Grospré.

»O pfui! Was sagen Sie da, Herr Grospré...? Die Ouverture zur »Caravane!« lacht Mignonette; »solche Stücke werden kaum noch auf Drehorgeln gehört.«

»Ich habe diese Oper in Bordeaux gehört und superb gefunden, es ist freilich schon lange her.«

»Es war wohl in jener Zeit, wo Du stark warst wie ein Türke!« ruft ihm Madame Grospré mit höh= nischer Miene zu.

»Nun, wird denn nicht gespielt?« erwiedert der vormalige Notar, der unwillkürlich anfängt zu gähnen.

»Nur eine Minute, Nachbar. — Ein Erzspieler, der Boulingrin! er würde mit der Nase im Wasser spie= len. — Spielten Sie schon so gern, als Sie Notar waren?«

»Warum nicht? Wenn man nicht an der Börse und nicht Roulette spielt...«

»Und nicht Landsknecht!« fällt Madame Breillet ein. »Dieses Spiel sollte man in anständigen Gesell= schaften nicht dulden. Man hat es aber iu der letzten Soirée bei Madame Pigache gespielt.«

»Ja wohl und verdammt hoch, ich erinnere mich,«

erwiedert Postulant. »Ich habe achtundfünfzig Sous da=
bei verloren!«

»Wer hatte denn die Partie zu Stande gebracht?«

»Wer anders als Herr Frémont? Seitdem er in
Paris gewesen ist, macht er einen Lärm, ein Aufsehen...«

»Was hat er denn in Paris gemacht?«

»Das weiß Niemand.«

»Doch, ich weiß es!« entgegnet einer der Mairie=
Beamten. »Er hat einen Gewinnst eincassirt, den er bei
der letzten Ziehung der Bodencredit=Obligationen ge=
macht hat.«

»Wirklich! er hat einen Gewinnst gemacht? Es gibt
Leute, die ein unverschämtes Glück haben. Wie viel hat
er gewonnen?«

»Ich glaube fünfzigtausend Francs; aber da er nur
eine Obligation von fünfhundert Francs besaß, so hatte
er nur auf denselben Gewinnst Anspruch... auf fünf=
undzwanzigtausend Francs.«

»Es ist immer noch sehr hübsch. Aber das berech=
tigt ihn nicht, uns hier zum Landsknecht zu zwingen.«

»Und mir achtundfünfzig Sous abzulocken! Ich habe
kein Loos gewonnen.«

»Das ist noch nichts, es gab Einsätze von zwölf
Francs.«

»Wenn man so bei Madame Pigache spielt, so be=
trete ich ihr Haus nicht mehr. Ich gehe nicht in Spiel=
höllen.«

»Fünfundzwanzigtausend Francs! Ach, wenn ich ein
solches Glück hätte!« seufzt der Beamte, der sich unauf=
hörlich im Spiegel betrachtet.

»Was würden Sie dann thun, Herr Sautrond?«

»Madame, ich würde sogleich nach Paris reisen und mich von Dusautoy vollständig kleiden lassen.«

»Ei, die jungen Herren sind eben so kokett wie die Frauen!«

»Madame, es ist nicht verboten, sich nach der Mode zu kleiden.«

»Das ist wahr, aber Sie sind immer sehr elegant, Herr Sautrond.«

»Madame, ich halte es für Pflicht, wenn man so glück= lich ist, in der eleganten Welt Zutritt zu haben.«

»Man kann elegant sein, ohne sich auffallend zu machen,« entgegnete der andere lebenslustige Beamte. »Ich brauche keine halbe Stunde, meine Cravate anzulegen.«

»Ist das auf mich gemünzt, Dupétral?«

»Beziehen Sie es auf sich, wenn Sie finden, daß es auf Sie paßt.«

»Ich finde Ihre Bemerkung unschicklich — ich könnte sogar sagen beleidigend.«

»Ich finde sie richtig und nehme sie nicht zurück, wie man in der Deputirtenkammer sagt.«

»Meine Herren, erzürnen Sie sich nicht wegen einer Cravate. Zwei Freunde und Collegen — denn Sie sind ja Beide in der Mairie angestellt. — Erzählen Sie uns lieber etwas von Herrn Martin. Weiß man etwas Neues von diesem räthselhaften Menschen?«

»Ich weiß nichts von ihm.«

»Ich sah ihn gestern außerhalb der Stadt; er stand still und schien in Gedanken vertieft.«

»Auf was hatte er denn seine Aufmerksamkeit gerichtet?«

»Ich sah nur einen Heuschober vor ihm; ich weiß
nicht, ob seine Gedanken darauf gerichtet waren.«

»In Gedanken vor einem Heuschober! Ich glaube
fast, der Mann hat einen Sparren zu viel.«

»Er hat einen Maikäfer in seiner Laterne,« sagte
Dupétral.

»Ha! ha! ein sehr hübscher Witz! Dupétral ist immer
witzig. — Einen Maikäfer in seiner Laterne! Haben Sie
es gehört, meine Damen?«

»Ja,« antwortete Madame Postulant; »aber um darüber zu lachen, muß man doch zuerst wissen, was es bedeutet.«

»Madame, ich habe es in Paris gehört und zwar im
Theater. Ich weiß nicht mehr, ob's im Vaudeville oder in
den Délassements war. Wenn Jemand einen Maikäfer in
seiner Laterne hat, so heißt das: »Es ist in seinem Kopfe
nicht richtig, er ist nicht recht bei Verstande.«

»Das hätte ich nie errathen.«

»Hören Sie, Grospré, da eine Whistpartie nicht zu
Stande kommt, so schlage ich Piquet mit Aufschreiben
vor —«

»Eine Partie Piquet ist mir schon recht, aber nicht
mit Aufschreiben; es ist mir lieber, bis hundert zu zählen.«

»Ihre Frau Cousine braucht wirklich viel Zeit zum
Ankleiden,« sagte Madame Rifflard.

»Sie wird vielleicht gar nicht erscheinen,« setzte Madame Beaurivage hinzu.

»Nun, wir werden sie kaum vermissen.«

»O ja, sie wird bald erscheinen.«

»Die Dame scheint sich in Gesellschaft nie gut zu unterhalten. Haben Sie es nicht auch bemerkt, Postulant?«

»Ja, sie sieht ernsthaft aus.«

»Mag sein, aber hübsch ist sie,« sagte Breillet.

»Hübsch? — Was hat sie denn Hübsches an sich? Nennen Sie mir einen einzigen bemerkenswerthen Gesichtszug!« entgegnete die Frau dieses Herrn.

»Sie hat zwanzigtausend Francs Renten,« setzte der junge Sautrond hinzu. »Das ist ein hübsches Vermögen.«

»Es ist ihr schönster Zug.«

»Eine schöne Partie — eine hübsche Witwe zu trösten. Sie sollen ihr den Hof machen, Herr Sautrond.«

»O Madame, ich glaube, daß die Dame nicht Lust hat, sich wieder zu vermälen.«

»Hat sie es Ihnen gesagt?«

»Das wohl nicht, aber — sie sieht so ernsthaft aus, daß man sich nicht getraut, ihr etwas Schmeichelhaftes zu sagen.«

»Ich getraue mich schon,« erwiederte Dupétral, »und sie schien meine Complimente nicht übel zu nehmen.«

»Ich werde ihr auch den Hof machen,« sagte der alte Liroquet, »und wenn sie mich erhört — so mache ich ein Ende, ich begebe mich in's Joch!«

»Siehe da den alten Gecken — er glaubt, man werde ihn erhören!« sagt Dupétral leise zu seinem Collegen, der sich im Spiegel betrachtet.

»Meine Cousine wird sich gewiß wieder verheiraten,« sagt Madame Grospré, »und sie muß in unserer

Stadt ihre Wahl treffen — wär's auch nur, um ihre Pa=
riser Anbeter rasend zu machen."

„Ist die Dame geistreich?" fragt die Witwe Rifflard.

„O ja, in Paris galt sie für sehr geistreich."

„Dann muß sie ihren Geist in Paris gelassen haben,"
setzt Madame Postulant hinzu, „denn ich habe noch kein
geistreiches Wort aus ihrem Munde vernommen."

„Und für eine Pariserin," sagt Mademoiselle Mi=
gnonnette, „hat sie in ihrer Haltung wie in ihrem Kopf=
putze nichts Bemerkenswerthes."

In diesem Augenblicke geht die Thür auf, und die
Person, von welcher eben die Rede war, tritt in den Salon.

Alle eilen ihr entgegen, und man hört nur folgende
Worte:

„Ei, da ist sie ja, die liebe Dame! — Wir haben
Sie mit Sehnsucht erwartet. — Die Gesellschaft war sehr
langweilig ohne Sie! — Und diese reizende Toilette! —
sie weiß sich immer mit Geschmack zu kleiden. — Und wie
schön Madame ihren Kopfputz zu ordnen weiß! — Man
mag sagen, was man will, nur in Paris versteht man sich
schön zu kleiden. — Wahrhaftig, Sie sind reizend diesen
Abend."

Madame Valbrun beantwortet alle diese Compli=
mente ziemlich kalt, und setzt sich zu ihrer Cousine. Als sie
eben Platz genommen, erscheint ein neuer Gast, dessen Ein=
tritt nicht geringe Sensation in der Gesellschaft macht.

IV.

Der Poet Monfignou.

Es ist ein kleiner, wohlbeleibter Mann von fünfund=
vierzig Jahren, mit einem ziemlich stark gerötheten Fuchs=
gesicht, weit hervorstehenden Augen, die beständig etwas
zu suchen scheinen, und einem stereotypen spöttischen Lä=
cheln. Er hat recht hübsches blondes Haar; über der Stirn
ist er freilich fast kahl, aber er kämmt die über den Ohren
noch vorhandenen, mit Pommade eingeriebenen Haarbü=
schel über den kahlen Schädel. Wenn er indeß so unbeson=
nen ist, im Freien ohne Hut zu verweilen, oder sich einen
Tanz zu erlauben, so lösen sich die nach vorne gekämmten
spärlichen Haarbüschel ab, flattern rechts und links und
geben seinem Kopfe das Aussehen eines Federbesens.

Dieses Männlein ist Monsieur Monsignon, der Poet,
der seit zwölf Jahren an einem Charakter=Lustspiele arbeitet
und Madame de Beaurivage mit der dem Meere entstei=
genden Venus verglichen hat. Aber die Poesie füllt nicht
alle seine Mußestunden aus; er führt in Gesellschaft gern
allein das Wort, und gibt sich alle mögliche Mühe, liebens=
würdig zu sein. Da man zur Unterhaltung der Zuhörer
möglichst viele Neuigkeiten auskramen muß, so sucht der
Poet Monsignon Alles, was in dem Städtchen vorgeht,
immer aus erster Hand zu erfahren. Er erkundigt sich
genau nach Allem, was gethan und gesprochen wird; wenn

eine Intrigue gesponnen wird, wenn ein Zank stattgefun=
den hat, wenn ein Fremder angekommen ist, so weiß er's
früher als andere Leute und er beeilt sich, seinen Bekann=
ten die wichtige Nachricht mitzutheilen. Uebrigens ist Mon=
signon ein gelehrter Mann, und er gibt gern Beweise da=
von; wenn's ihm daher an Neuigkeiten fehlt, so schöpft er
aus sich selbst den Stoff zur Unterhaltung.

Monsignon ist daher in Gesellschaft sehr gesucht, und
nicht zu ersetzen.

Dieses Mal erscheint er mit frohlockender, freude=
strahlender Miene; er begrüßt, sich die Hände reibend, alle
Anwesenden und sagt:

»Ich weiß etwas Neues. Ich habe es aus guter
Quelle. Es ist höchst drollig!«

Die ganze Gesellschaft spitzt die Ohren, und von allen
Seiten ruft man ihm zu:

»Lassen Sie hören, Herr Monsignon. Erzählen Sie
was Sie Neues wissen. — Sie sind ein charmanter Mann,
daß Sie Alles wissen, was vorgeht!«

»Haben Sie über Herrn Martin etwas erfahren?«

»Ja wohl, über den räthselhaften Martin.«

»Erzählen Sie — wir sind ganz Ohr.«

Monsignon nimmt mitten im Kreise Platz; er schneuzt
sich, hustet, zieht seine Dose hervor, nimmt eine Prise,
dreht sich rechts und links, um alle im Salon befindlichen
Personen zu sehen. Endlich richtet er sich auf wie ein Ad=
vocat im Gerichtssaale und beginnt folgendermaßen:

»Sie müssen wissen, meine Damen und Herren, daß
diesen Morgen — nämlich zwischen eilf und zwölf Uhr —
es war bereits halb zwölf vorüber, als ich eben einen Ka=

paunerflügel zum Frühſtück verſpeiſt und eine Taſſe Cho=
colade getrunken hatte . . .«

»Sie trinken Chocolade?« fällt ihm Poſtulant in's
Wort; »Kaffee iſt beſſer für die Verdauung.«

»Herr Poſtulant,« mahnt Madame Grospré, »ich
bitte Sie, unterbrechen Sie nicht.«

»Ja, ich trinke Chocolade mit Rahm . . . es ſchlägt
mir gut an. — Ich hatte alſo eben gefrühſtückt und ging
aus, um friſche Luft zu ſchöpfen. Ich ſann über mein Luſt=
ſpiel nach. Ich glaube die Löſung des Knotens gefunden
zu haben . . . wenigſtens bin ich nahe daran. Meine erſte
Liebhaberin will nicht heiraten, weil ihr Bräutigam ein
falſches Toupet trägt, welches ſich verſchiebt, als der Con=
tract eben unterzeichnet werden ſoll. — Was ſagen Sie
dazu? Mich dünkt, daß es auf der Bühne einen ganz neuen
Effect machen muß. Und es iſt ganz logiſch, denn ein
Mann, der etwas Falſches, Unechtes trägt, kann auch in
anderen Dingen betrügen . . .«

»Herr Monſignon, Sie wollten von Herrn Martin
etwas Neues erzählen.«

»Ja, richtig. Hören Sie nur. Ich ſpaziere in der Rich=
tung des alleinſtehenden Hauſes, welches faſt außerhalb
der Stadt iſt; man kann es eigentlich ein Landhaus nen=
nen. Sie wiſſen, daß es von dem ſonderbaren Kauz, der
vor etwa ſechs Wochen hier ankam und ſich Martin nennt,
gemiethet worden iſt. — Merken Sie wohl, daß ich ſage:
er nennt ſich ſo, denn ich habe alle Urſache zu glauben,
daß er nicht ſo heißt.«

»Woraus ſchließen Sie das, Monſignon?« fragt
Liroquet.

»Ich werde es Ihnen später sagen. Ich habe von einem sinnreichen Mittel, das ich schon oft erfolgreich gefunden, Gebrauch gemacht. Ich habe oft sinnreiche Ideen ...«

»Herr Liroquet, Sie unterbrechen unsern Erzähler; Sie bringen ihn von seinem Gegenstande ab.«

»Ich komme schon wieder, Madame. Ich lenkte also meine Schritte zu dem Hause, welches gegenwärtig von diesem Martin — wir wollen ihn so nennen — bewohnt wird. Ich nahm nicht ohne Absicht diesen Weg, denn man versichert, daß dieser Herr Personen zu sich kommen läßt, die man nicht wieder fortgehen sieht ...«

»Wirklich! Was macht er denn damit?«

»Ja, das ist eben die Frage! Was macht er damit?«

»Diese Eigenthümlichkeit des sonderbaren Menschen habe ich noch nicht gekannt,« sagt Madame Rifflard; »man könnte wahrhaftig einen Schauder dabei bekommen ... wenn man nicht vier Männer gehabt hätte!«

»Ja,« sagt der junge Dupétral, wie mit sich selbst redend, »wenn man vier Männer überstanden hat, muß man keine Furcht mehr haben.«

»Das von diesem Herrn bewohnte Haus ist völlig entlegen von anderen Wohnungen. Am nächsten wohnt Herr Frémont; aber Sie wissen, daß sie sich kennen, denn Herr Frémont hatte das entlegene Haus von dem Eigen= thümer, dem Krämer Girard, gemiethet; er sagte, es sei für einen Pariser, der zur Wiederherstellung seiner Ge= sundheit die schöne Jahreszeit auf dem Lande leben wolle.«

»Dieser Martin sieht aber gar nicht kränklich aus.«

»Finden Sie das? Ich finde seine Gesichtsfarbe gelb,« entgegnete Madame Breillet.

»Kann man denn seine Gesichtsfarbe unter dem großen Barte sehen?« erwiedert Madame Postulant.

»Das ist wahr; er trägt einen Vollbart und einen Schnurrbart dazu ... wie die Räuber, die ich auf der Bühne in »La Forêt périlleuse« gesehen habe. — Ein wahres Prachtstück, meine Damen! Ich habe haarsträubende Träume darauf gehabt!«

»Ich kenne es nicht. Ist es ein Trauerspiel?«

»Nein, ein Melodrama. Es kommt ein unterirdisches Gewölbe darin vor, in welchem eine Frau mit einer Bande von Unholden eingesperrt ist, die ihr kein Haar gekrümmt haben.«

»Dann sind's keine sehr gefährlichen Unholde gewesen.«

»Wenn die Damen fertig sind, so will ich fortfahren,« sagt der Poet Monsignon, etwas erzürnt die Arme unterschlagend.

»Erzählen Sie, lieber Freund. Wir sind ganz Ohr, wir wollen kein Wort sprechen.«

V.

Die Geldbußen.

»Ich sagte also ... wo bin ich denn stehen geblieben? Wenn man jeden Augenblick unterbrochen wird, so verliert man den Faden der Erzählung.«

„Sie haben Recht," sagt Madame Grospré; „ich schlage daher vor, die erste Person, welche Sie unterbrechen oder sich, bevor Sie fertig sind, auch nur eine Bemerkung erlauben wird, in eine Geldstrafe zu nehmen."

„Bravo! angenommen!"

„Ja, ja, eine Geldstrafe!"

„Aber wie groß soll sie sein?"

„Sie muß ziemlich hoch sein, um die Schwätzer im Zaume zu halten."

„Ich schlage fünfundzwanzig Centimen vor, und was eingeht, kann später in passender Weise verwendet werden."

„Fünfundzwanzig Centimen! Das ist sehr viel!"

„Nein, es ist recht, man muß die Zungen zu fesseln suchen."

„Angenommen!"

„Die Nebenfrage ist erledigt. Herr Monsignon hat das Wort."

Es versteht sich, daß Madame Valbrun diesem ganzen Geschwätz fremd geblieben ist. Sie hörte schweigend zu und behielt ihr Urtheil über das Gezänk für sich.

Monsignon hat sich wieder geschneuzt, geräuspert und eine Prise genommen. Einige Minuten scheint er niesen zu wollen, aber er niest nicht. Er fährt in seiner Erzählung fort:

„Vor der Wohnung unserer räthselhaften Erscheinung angekommen, nehme ich sie in Augenschein . . ."

„Er war also da?"

„Liroquet hat Strafe zu zahlen!"

„Erlauben Sie! Herr Monsignon sagt: „Ich nehme sie in Augenschein." Meinte er die räthselhafte Erscheinung oder die Wohnung? Denn ich muß doch wissen, woran ich mich zu halten habe, sonst verstehe ich nicht . . .«

»Herr Liroquet, wenn Sie mich nicht unterbrochen hätten, so würden Sie erfahren haben, wen ich meinte, es wäre Ihnen Alles klar geworden. Ich meine doch, daß ich das Talent besitze, mich verständlich zu machen, mich deutlich auszudrücken . . .«

»Ja, ja, Herr Liroquet muß Strafe zahlen!«

»Erlegen Sie Ihre fünfundzwanzig Centimen . . . rücken Sie heraus!«

»Es ist ungerecht . . . ich behaupte, daß es eine Un= gerechtigkeit ist. Es ist nicht wegen der fünfundzwanzig Centimen, über solche Kleinigkeiten bin ich erhaben. Ich wünschte eine Aufklärung.«

»Wie! man hat ein Gesetz gemacht und Sie über= treten es sogleich!«

»Das kommt täglich vor . . .«

»Geben Sie Ihre fünf Sous her, lieber Freund, und daß es ein Ende nehme!«

Liroquet entschließt sich endlich die Strafe zu be= zahlen; er sucht in der linken, dann in der rechten Westen= tasche, dann in den Taschen seiner Unaussprechlichen, dann in der Brusttasche seines Fracks; endlich findet er sein Portemonnaie. Er schaut eine Weile hinein, ohne es ganz aufzumachen.

»Ich habe nur Gold bei mir,« sagt er zögernd; »wer kann mir auf zwanzig Francs herausgeben?«

Die Gesellschaft, schon verdrießlich über die mit dem langen Suchen verlorene Zeit, ruft in Masse:

»Nein, nein, Sie können später bezahlen. — Herr

Monsignon, fahren Sie gefälligst fort. Sie sehen. daß wir die erlaffene Verordnung vollziehen!«

»Ich sehe! ich sehe, daß Sie diesen Abend nichts er= fahren werden, wenn das so fort geht, und es wäre ein großer Verlust für Sie!«

»Still! still!«

»Ich war also vor die Wohnung unserer räthselhaften Erscheinung gekommen. Das Haus ist von außen recht hübsch; es besteht aus dem Erdgeschoß, dem ersten Stock und den Dachstuben. Vier Fenster im ersten Stock, drei im Erdgeschoß, und dazu die Thür; hinter dem Hause ist ein mit Mauern umgebener Garten, aus welchem eine Seiten= pforte auf einen Feldweg führt . . .«

»Das wissen wir wohl!« murrt der Apotheker Postu= lant; aber sofort denkt er an die Geldbuße und fängt an zu husten, als ob er einen Brustkrampf hätte.

»Wer hat gesprochen?« ruft Madame Grospré.

»Niemand!« antwortet der Apotheker; »ich huste. Es ist nicht verboten, den Schnupfen zu haben!«

Monsignon fährt fort:

»Ich bemerkte, daß alle Fensterläden im Erdgeschosse geschlossen waren und das schien mir sonderbar, denn um die Mittagsstunde pflegt man doch gern hell im Hause zu haben. Ich dachte: Der Mann ist lichtscheu, das ist nicht zu bezweifeln, und Leute, die das Tageslicht scheuen, sind zweideutig. — Ich schaute zum ersten Stockwerke hinauf; dort waren die Sommerläden geöffnet und ich bemerkte auch, daß ein Fenster nicht geschlossen war. Ich ging un= willkürlich auf das Haus zu. Unter dem offenen Fenster konnte ich hören, daß im ersten Stockwerke gesprochen

wurde. Ich drückte das Ohr an die Wand und lauschte.
Anfangs hörte ich nur halbverständliche Worte, die keinen
Zusammenhang hatten; aber endlich verstand ich einen län-
geren Satz, den ich sogleich in mein Notizbuch schrieb, um
ihn nicht zu vergessen. Hier ist er Wort für Wort: Er muß
ein Ende machen! — er ist nur in dieser Absicht in dieses
Städtchen gekommen — und überdies braucht er eine ziemlich beträchtliche Summe.«

»Er ist ein Räuber!« rufen gleichzeitig alle Damen,
die dem Bedürfniß, ihre Gedanken auszusprechen, nicht wider-
stehen konnten.

»Alle Damen haben Strafe zu zahlen,« sagt Liroquet;
»sie haben den Erzähler unterbrochen.«

»Erlauben Sie, Herr Liroquet,« entgegnet die Hausfrau, »es ist ein ganz anderer Fall: es handelt sich hier
um eine wichtige Entdeckung, die unser Besitzthum nahe angeht. Das Wort, welches uns entschlüpfte, ist ganz natürlich.«

»Madame, Alles was entschlüpft, ist im Allgemeinen
sehr natürlich; Sie haben nichtsdestoweniger die Verordnung übertreten — jede von Ihnen muß fünf Sous bezahlen.«

»Wir bezahlen nicht!«

»Nein, wir bezahlen nicht!«

»Wie Sie wollen; aber dann werde ich auch meine
Strafe nicht bezahlen.«

»Aha! da wollten Sie hinaus!«

»Ihre Frau Cousine aus Paris möge entscheiden; sie
ist die einzige Dame, die den Erzähler nicht unterbrochen
hat. Sagen Sie, Madame habe ich Unrecht?«

„Mein Gott," erwiedert Madame Valbrun; „ich eigne mich wohl nicht zur Schiedsrichterin. Wenn Sie aber meine Meinung wissen wollen, so finde ich, daß diese Damen aus den Worten, welche dieser Herr gehört hat, etwas voreilig schließen, Herr Martin sei ein Räuber."

Alle Damen sehen sich an und scheinen es übel zu nehmen, daß die junge Witwe eine andere Meinung hat als sie.

„Erlauben Sie, meine Damen," entgegnet aber Monfignon, „ich habe nicht gesagt, daß der Mann ein Räuber sei; ich habe nur erzählt, was ich gehört habe."

„Es ist gut Monfignon, es ist eine Meinung, die sich uns aufdrängt. Uebrigens weiß meine Cousine nicht, wer dieser Mann ist und wie er sich aufgeführt hat, seitdem er in unserem Orte ist; wir werden nicht säumen, es ihr zu sagen. — Jetzt haben Sie die Güte, in Ihrer interessanten Erzählung fortzufahren. Wir wollen unsere Regungen bekämpfen, wir wollen stumm sein."

„Ich hatte also jene Worte behalten und notirt. Ich lauschte immer fort; aber die Stimmen, denn es waren deren zwei, schlugen einen leiseren Ton an. Es schien mir sogar, daß man sehr leise flüsterte und ich schaute auf, denn ich dachte, man schließe das Fenster; da bekomme ich auf einmal — den Inhalt eines Gefäßes in's Gesicht. Glücklicherweise war's nur Seifenwasser, ich überzeugte mich nachher davon — es duftete sogar nach Rosen. Trotzdem rief ich laut und zornig: Sapperlot! nehmen Sie sich doch in Acht! Sie hätten herunter rufen sollen: Vorgesehen! — Es antwortete mir eine Stimme in ziemlich schnippischem Tone: „Was machen Sie denn da so dicht an der Wand?"

— »Was ich mache? Ich gehe spazieren!« — »Wenn
man spazieren geht, so drückt man sich nicht an die Häuser.
Sie sind ein —« Ich weiß nicht, wie er mich nannte. Ich
hatte mich bereits zurückgezogen, weil ich fühlte, daß mir
der Zorn aufstieg; und wenn ich zornig werde, so kenne ich
mich nicht mehr, ich lasse mich leicht zu weit hinreißen. Ich
wollte mich indeß nicht von dem Hause entfernen, ich wollte
die Leute, die ich sprechen gehört, auch gern sehen. Ich dachte:
»Es wird Jemand herauskommen; da man die Leute aber
nicht kommen sieht, so gehen sie wahrscheinlich aus der
kleinen Gartenpforte, die auf's Feld führt, wo die Flieder-
bäume stehen. Dort muß ich mich also aufstellen.« — Ich
glaube, daß mein Schluß sehr logisch war. Ich verlasse
meinen Platz, gehe an der Gartenmauer hin, biege um die
Ecke und befinde mich zehn Schritte von der kleinen Pforte.
Ich konnte aus= und eingehen sehen, allein man hätte mich
gesehen. Um nicht gesehen zu werden, kroch ich in ein Flie-
dergebüsch, in welchem unglücklicherweise wilde Rosen
waren. Sie wissen, es gibt keine Rosen ohne Dornen, auch
die wilden sind nicht frei davon — oder richtiger gesagt, die wilden Rosen haben die meisten Dornen. Ha!
ha! ha!«

Das Männlein lacht ganz allein über diese für geistreich gehaltene Wendung und fährt fort:

»Trotz einiger Schrammen und Stiche, die ich mir im
Gebüsch gemacht, war ich fest entschlossen, meine Position
nicht aufzugeben. Bald hörte ich ein fernes, immer näher-
kommendes Geräusch. Ich lauschte, und während das Geräusch näher kam, verstand ich deutlich die Worte: Quinte,

*

vierzehn und den Stich! Nicht wahr, Nachbar, das ist doch eine schöne Partie!«

Boulingrin bricht in ein homerisches Gelächter aus.

VI.

Martin und sein Esel.

Das Gelächter des Exnotars erregt den Unwillen der ganzen Gesellschaft, ausgenommen Madame Valbrun, die sich des Lachens nicht erwehren kann.

»Sie sind wirklich grausam, Herr Boulingrin!« sagt Madame Grospré. »Spielen Sie, weil es einmal Ihr Steckenpferd ist, aber hindern Sie uns nicht, Herrn Monsignon zuzuhören; Sie unterbrechen ihn gerade im interessantesten Moment. — Fahren Sie fort, Herr Monsignon. Sie waren im Gebüsch und wurden von Nesseln gestochen . . .«

»Und Sie hatten den Inhalt eines nächtlichen Geschirrs auf den Kopf erhalten,« setzt Dupétral lachend hinzu.

»Nein, erlauben Sie! Ich habe von dem Inhalte eines Geschirrs gesprochen; das Beiwort nächtlich ist Ihre Erfindung. Man muß einen Unterschied machen.«

»Halten Sie sich dabei nicht auf, lieber Poet, und fahren Sie in Ihrer Erzählung fort. Sie hörten ein fernes Geräusch?«

»Ja, Madame; bald kam das Geräusch näher und wurde furchtbar. Es war ein rasender Galopp.«

»Nicht möglich! Es wurde auf dem Feldwege Galopp getanzt?«

»Herr Dupétral, Sie werden auch unerträglich. Still!«

»Nein, meine Damen, es war kein Tanz, wie Herr Dupétral zu glauben scheint, es war keineswegs ein Ball-galopp, sondern der Galopp eines in rasender Eile heran-sprengenden Thieres. Ich glaubte eine Cavalcade auf den Fersen zu haben und ich bekam eine Gänsehaut in meinem Gebüsch. Endlich kam der Reiter heran, und ich erkannte . . . rathen Sie, wen? Herrn Martin auf einem Esel. Aber es war ein Esel so stark wie ein Maulthier. Die alte Grivois, die Kräutlerin, hat einen sehr hübschen Esel, der ihre Ge-müse trägt, aber er ist nur ein Pudel gegen den Esel, den Herr Martin ritt.«

»Haha! Das ist komisch! Martin hat also jetzt einen Esel!«

»Eine sonderbare Idee! Was thut er damit?«

»Sollte er ein Müller sein?«

»Die Müller sind ja nicht die einzigen Leute, welche Esel halten.«

»Lassen Sie Herrn Monfignon weiter erzählen. — Was wurde aus Herrn Martin auf dem Esel?«

»Er hielt vor der kleinen Gartenpforte an, dann ließ er einen sehr lauten, schrillen Pfiff hören . . .«

»Wahrscheinlich der Räuberpfiff.«

»Auf dieses Zeichen, denn es mußte wohl ein Zeichen sein . . . wurde die Thür geöffnet und ich hörte lautes Ge-lächter. Der Reiter ritt auf seinem Esel in den Garten, man schloß die Thür wieder; das Gelächter ließ nach, und dann hörte ich gar nichts mehr. Ich entschloß mich nun, das Gebüsch zu verlassen; ich war hocherfreut über meine Entdeckung und nahm mir vor, sie Ihnen mitzutheilen. Diesen Vorsatz habe ich soeben ausgeführt. Dixi!«

Und der kleine Mann wischt sich den Schweiß von der Stirn und schnaubt, als ob er sechs Treppen erstiegen hätte.

»In dieser ganzen Geschichte,« sagt Dupétral, der Poeten gerne widersprach, »beschränkt sich das Drollige auf einen Esel, der mit dem Müller nach Hause kommt.«

»Und Sie finden das nicht originell?«

»Nicht sehr.«

»Und die höchst sonderbaren Worte, die Herr Monsignon gehört hat!« entgegnet Madame Rifflard. »Und die am hellen Mittage hermetisch verschlossenen Fensterläden!«

»Ja ja,« setzt Madame Grospré hinzu, »alles dies ist höchst merkwürdig und beweist, daß man nicht sehen soll, was im Hause vorgeht. — Aber ich habe meiner Cousine versprochen, sie mit dem sonderbaren Menschen, der sich Martin nennt, bekannt zu machen. Ich will ihr sagen, was wir über ihn wissen. Denken Sie sich, liebes Kind, vor vier bis fünf Wochen erzählte der Krämer Girard unseren Dienstboten frohlockend, daß er endlich sein Spinathaus vermiethet habe. So nennt man das alleinstehende Haus, welches uns Herr Monsignon beschrieben hat, weil es fast ganz von Spinatfeldern umgeben ist. Mit Ausnahme des Feldes hinter dem Garten, wo die Fliederbüsche sind, wird überall Spinat gebaut. — Das Haus war seit mehr als Jahresfrist leer. Niemand wollte darin wohnen. Warum? Erstens weil es außerhalb der Stadt ist, und zweitens weil sich der letzte Bewohner erhängt hat. Es war ein Engländer, der sich überall, wo er wohnte, zu erhängen pflegte . . .«

»Und er scheint nicht daran gestorben zu sein.«

»Nein, er nahm immer einen Strick, der riß. — Alle diese Einzelheiten sind durch seinen Diener bekannt geworden. Aber dieses Mal starb er wirklich, weil sein Diener, der sich über seinen mit halben Maßregeln tändeln= den Herrn ärgerte, an die Stelle des Strickes, dessen sich Mylord gewöhnlich bediente, einen haltbaren Strick gelegt hatte. Der brave Mensch hatte die löbliche Absicht, seinen Herrn von der Manie des Erhängens zu heilen.«

»Und dieser kostbare Diener war vermuthlich im Te= stament seines Herrn bedacht worden!« sagt Postulant lächelnd.

»Ich weiß es nicht, aber es ist wahrscheinlich.«

»Herr Boulingrin, als vormaliger Notar, hätte Ihnen eine Bemerkung machen sollen . . .«

»Was für eine Bemerkung, Herr Postulant? . . . Ich habe sechs Karten . . .«

»Ich meine, daß es eine große Dummheit ist, sein Testament zu machen, man müßte denn durch verwickelte Verhältnisse dazu genöthigt sein. Es ist ein Mittel, sich erdolchen, vergiften oder ersäufen zu lassen.«

»Ach nein, Herr Postulant . . . und Quart von der Dame . . . ich kann nicht Ihrer Meinung sein.«

»Als Notar ist es wohl möglich, aber als Beob= achter . . .«

»Sie machen sich eine zu schlechte Vorstellung von den Menschen . . . und drei As . . .«

„Die Menschen sind leider so, wie ich sie mir vor-
stelle.“

„Ein Apotheker,“ meinte Dupétral, „kann die Menschen nicht von der guten Seite sehen.“

Dieser etwas gewagte Scherz weckt den Unwillen der
Hausfrau, die dem jungen Mairiebeamten einen ernstver-
weisenden Blick zuwirft und sagt:

„Es scheint, daß man diesen Abend Niemand erzählen lassen will. — Kurz, meine liebe Cousine, der Krämer
Girard hatte sein Landhaus vollständig möblirt vermiethet . . .“

„Mit dem Stricke des Erhängten?“

„Wahrscheinlich sind einige Enden davon geblieben.
Man fragte ihn natürlich, an wen; er antwortete, Herr
Frémont habe das Landhaus für einen Freund in Paris
gemiethet, der die Landluft genießen wolle. Der Krämer
fragte nach dem Namen seines Miethsmannes und Herr
Frémont sagte, er heiße Martin. Es war eine etwas un-
bestimmte Antwort. Der Name Martin ist so häufig; wir
hatten in unserer Stadt vier Einwohner dieses Namens,
und um sie zu unterscheiden, mußte man ihnen Spitznamen
geben: wir hatten einen langen, einen rothhaarigen, einen
stumpfnasigen und einen säbelbeinigen Martin.“

„Und dazu noch andere, die schlechtweg Martin
heißen!“ setzt der Poet hinzu, der sich selbstgefällig auf
seinem Sessel wiegt.

„Die Kunde von dieser Vermiethung verbreitete sich
schnell, und man sah der Ankunft des Fremden mit Unge-
duld entgegen. Man erwartete natürlich, daß er, der Sitte
gemäß, bei allen Honoratioren der Stadt Besuche machen

werde. Es vergingen acht Tage, man sah Niemand kommen. — Eines Morgens begegnete mein Mann vor Girard's Laden einem höchst sonderbar aussehenden Manne. Er trug einen SackPaletot, sehr weite Beinkleider, einen spitzen grauen Filzhut mit breitem Rande, wie die spanischen oder italienischen Banditen ... kurz, einen Hut, wie man ihn sonst gar nicht sieht. Diesen Hut trug er tief auf die Augen gedrückt, so daß man nur seine Nasenspitze und seinen Vollbart bemerkte. Natürlich stutzte Grospré bei dem Anblicke dieses Mannes ...«

»Und er hatte wohl Ursache!« setzte Madame Rifflard hinzu. »Ein Mann, von dem man nur die Nase sieht, das ist nicht genug.«

Grospré ging in den Laden und fragte den Krämer, ob er den so auffallend gekleideten Mann kenne. — »Ja wohl,« antwortete Girard, »es ist Herr Martin, mein Miethsmann.« — »Der Fremde, der das Landhaus gemiethet hat?« — »Derselbe.« — »Er ist also angekommen?« — »Er ist seit sieben Tagen hier und bewohnt das Haus.« — »Er kommt mir verdächtig vor; folgen Sie meinem Rath und lassen Sie sich vorausbezahlen.« — »Er hat voraus bezahlt,« erwiederte der Krämer; »er hat auf sechs Monate gemiethet und sogleich den Miethzins erlegt.« — »Und dann ist Ihr Miethsmann sehr unhöflich; er geht an mirvorüber und grüßt mich nicht!« — »Er kennt Sie ja nicht!« — »Das thut nichts, er hätte mich grüßen sollen. Und wie Sie sagen, ist er schon sieben Tage hier und macht keinen Besuch, er ist nirgends gewesen! Ich sage Ihnen, er ist ein Mensch, der nicht zu leben weiß, und die Gebräuche der gebildeten Welt nicht kennt.« — »Nicht wahr, Grospré, das haft Du dem Krämer Girard gesagt?«

Der emeritirte Herkules legt seine Karten auf den Tisch und antwortet:

»Es ist die Wahrheit. Du hast Alles beinahe Wort für Wort wieder erzählt. Der Krämer Girard wußte mir nichts zu antworten nnd holte Pflaumen aus der Tonne für Madame Coquenard, deren Mann seit einiger Zeit diese leichtverdauliche Speise . . .«

»Ich habe ihr mein Elixir angeboten,« fällt ihm Postulant in's Wort, »aber sie wollte es ihrem Manne nicht eingeben. Er wäre längst curirt, wenn er auch nur eine Flasche getrunken hätte.«

»Meine Tante hat zwei Flaschen gegen den Schnupfen getrunken, und sie spürt noch keine Besserung,« sagt der schöne Sautrond.

»Entschuldigen Sie, Herr Sautrond, Ihre Frau Tante befindet sich besser; es hat sich jetzt ein Auswurf eingestellt . . .«

»Herr Martin, der räthselhafte Fremde, scheint in Vergessenheit zu kommen,« sagt Madame Breillet.

»Sie haben Recht,« erwiedert die Hausfrau. »Es ist die Schuld meines Mannes, der sich immer von dem geraden Wege entfernt; es war gar nicht nothwendig, von Madame Coquenard und ihren Pflaumen zu sprechen. — Dieser Martin oder vielmehr dieser unbekannte Fremdling war also angekommen. Die Kunde davon verbreitete sich bald, und Jedermann war neugierig, den Mann zu sehen, den ich Ihnen nach Grospré's Beschreibung geschildert habe.«

»Mich dünkt,« sagt Madame Valbrun, »um über diesen neuen Bewohner Ihres Städtchens etwas Näheres zu erfahren, brauchten Sie sich nur an Herrn Frémont zu wenden, der für ihn gemiethet hat und ihn also kennen muß.«

»Glauben Sie denn, liebe Cousine, daß mir dieser Gedanke nicht gekommen sei? Allerdings hat man sich bei Herrn Frémont erkundigt. Aber dieser ist ein Original, auf dessen Worte man sich nicht verlassen kann, weil er sich immer über die Leute lustig zu machen scheint. Er ist ein Pariser, der sich vor drei oder vier Jahren mit den Trüm= mern eines in Paris vergeudeten Vermögens hier nieder= gelassen hat. Er hat dort ein sardanapalisches Leben ge= führt, und endlich konnte er seine Operntänzerinnen nicht mehr füttern ...«

»Seine Ratten!«

»Wer hat gesagt: seine Ratten?«

»Ich,« antwortet Dupétral, »weil man sich jetzt die= ses Ausdrucks zu bedienen pflegt, wenn von diesen Chorec= graphen die Rede ist.«

»Man ist fürwahr sehr artig in Paris!« sagt Made= moiselle Mignonnette: »Tänzerinnen nennt man Ratten! Mäuse möchte noch angehen, weil es muntere, lebhafte, flinke Thierchen sind; aber Ratten, Nagethiere! ...«

»Eben deshalb hat man den Balletmädchen diesen Namen gegeben.«

»Genug, junger Herr! Sie vergessen, daß Sie mit einer Demoiselle sprechen. — Ich sagte also, daß Herr Fré= mont, der sein verschwenderisches Leben in Paris nicht

fortſetzen konnte, in unſere reizende Stadt, in unſern an=
muthigen Ort gekommen iſt.«

Madame Grospré betont dieſe letzten Worte und
ſieht die Geſellſchaft mit einer Miene an, welche zu ſagen
ſcheint: Das gilt meiner Couſine, die unſern Ort immer ein
Städtchen nennt! — Und die Geſellſchaft gibt durch zu=
ſtimmendes Lächeln zu verſtehen: Sie machen's ſehr gut,
wir verſtehen Sie!

»Ja, dieſer Frémont hat gedacht: ich kann mein tol=
les Leben in Paris nicht mehr führen, ich will's in der Pro=
vinz fortſetzen; mit dem Reſt meines Vermögens kann ich
den Spießbürgern immer noch Sand in die Augen ſtreuen!
Denn es gibt Pariſer, welche glauben, wir Leute in der
Provinz wären dumm.«

»Das iſt wahr, vollkommen wahr!« ſetzt Liroquet
hinzu, »und doch ſind wir's nicht.«

»O, es gibt ſchon einige, die es ſind,« erwiedert
Dupétral lachend.

»Nein, ich behaupte, daß wir in der Provinz alle
geiſtreich ſind; wir ſind reich an Geiſt, da wir ihn nicht
vergeuden, ſondern hübſch für uns behalten.«

»Dann glaube ich, daß manche Leute zu ſehr damit
geizen, ſie wollen für ihre alten Tage zu viel aufſparen.«

»Ja wohl, und deshalb hat Montaigne geſagt . . .
ich glaube wohl, daß es Montaigne geſagt hat; ich weiß
es nicht gewiß, aber das thut nichts. Die betreffende Stelle
lautet: »Wie viele Leute kommen auf die Welt und ver=
laſſen ſie wieder, ohne alle ihre Waaren ausgepackt zu
haben!«

»Was ſoll das heißen?« ſagt Grospré, ſeine Karten

niederlegend. »Was für Waaren kann man schon gekauft haben, wenn man auf die Welt kommt? Was Sie da sagen, scheint mir Windbeutelei.«

»Der Herr Bauunternehmer scheint ziemlich schwach von Begriffen zu sein,« sagt Dupétral leise zu Sautrond, der in seiner Zerstreuung antwortet:

»Es thut mir leid, daß man keine Strippen mehr trägt; die Hosen würden hinabgezogen und viel besser aussehen.«

»Lieber Grospré,« sagte der Poet Monsignon etwas höhnisch; die Worte Montaigne's, sind nur sinnbildlich zu nehmen; unter Waaren versteht er hier Talente. Fähigkeiten, Verstand und Witz, womit ein Mensch bei seiner Geburt begabt sein kann.«

»Nun, das lasse ich gelten. — Ich habe fünf Karten und vierzehn Zehner ... Sie haben verloren, Boulingrin!«

»Dies erinnert mich an die Abenteuer eines mir bekannten Literaten,« fährt Monsignon fort. »Diese sehr pikanten und merkwürdigen Abenteuer beweisen, daß hienieden Alles auf Glück ankommt.«

»Was für Abenteuer, lieber Poet? Könnten Sie sie uns nicht erzählen, wenn man Sie nämlich ohne Indiscretion darum ersuchen darf?« sagt Madame Grospré.

»Es ist durchaus keine Indiscretion, schöne Dame, aber ich glaube Ihnen die traurigen Erlebnisse des armen Tartenpomme schon erzählt zu haben'. . .«

»Tartenpomme! es ist das erste Mal, daß ich diesen Namen nennen höre, und er ist gewiß so originell, daß man sich desselben erinnert, wenn man ihn einmal gehört hat.«

»Nun, so will ich Ihnen seine Abenteuer erzählen. Aber dies wird uns von unserem Gegenstande, von dem interessanten Martin entfernen.«

»Was liegt daran! Wir werden immer Zeit haben, darauf zurückzukommen. Ich liebe die Abwechslung in der Unterhaltung.«

»Sie wären keine Evastochter, wenn Sie die Abwechslung nicht liebten!«

»Ich versichere Sie, Herr Boulingrin, Sie haben zehn Points zu viel markirt.«

»Herr Grospré, ich habe ganz richtig markirt, ich weiß es gewiß. Glauben Sie etwa, ich wolle Sie betrügen?«

»Nein, Herr Boulingrin, ich weiß sehr gut, daß Sie dessen nicht fähig sind; aber man kann sich irren . . . man ist ja nicht untrüglich!«

»Errare humanum est!« *) sagt Monfignon.

Und Grospré, der kein Latein versteht, nickt ihm zu und sagt: »Wie Sie wünschen!« — Aber der Exnotar, der sich keinen Zweifel über das richtige Zählen seiner Points gefallen lassen will, erwiedert mit einiger Heftigkeit:

»Ich irre mich nie! ich habe meine Points ganz richtig gezählt.«

»Ei! meine Herren vom Piquet, wollen Sie gefälligst etwas weniger laut schreien oder lieber gar nicht schreien! Herr Monfignon schickt sich an, uns die Aben-

---

*) Irren ist menschlich.

teuer seines Freundes Tartenpomme zu erzählen, und Sie werden uns gefälligst erlauben, ihm zuzuhören.«

Diese Mahnung der Madame Rifflard bringt die Piquetspieler zum Schweigen, oder sie begnügen sich wenigstens ganz leise zu murren: »Ich weiß gewiß, daß er zehn Points zu viel gezählt hat!« — »Ich begreife nicht, wie man an meinen Points zweifeln kann — aber dieser Grospré beurtheilt Andere nach sich selbst! Wenn ich wegen dieser zehn Points verliere, so wird mir diese Partie schwer auf dem Herzen liegen.«

Der Poet Monfignon wartet, bis vollkommene Stille eingetreten ist. Dann schneuzt er sich, als ob er eine Trompete in der Nase hätte, und beginnt seine Erzählung.

VII.

Die Abenteuer Tartenpomme's.

»Sie müssen wissen, meine Damen und Herren, daß Tartenpomme, der Held meiner Erzählung, in der Pastetenstadt Chartres geboren ist. Er unterscheidet sich von Homer dadurch, daß ihm Niemand seine Vaterstadt streitig gemacht hat; denn Sie wissen, daß mehre Städte, unter anderen Smyrna, Rhodus, Kolophon, Salamis, Chio, Argos und Athen, die Ehre der Geburt des großen griechischen Dichters für sich in Anspruch genommen haben. Nun Tartenpomme war freilich kein Homer.

»Und gleichwohl sind die größten Männer des Alterthums nicht unbekrittelt geblieben. Man hat sich vermessen zu

behaupten, Homer habe dem Hesiod das Schönste, Herr=
lichste der Odyssee und Ilias entlehnt.

»Caligula gab den Befehl, alle Werke dieses großen
Dichters zu vernichten, denn er habe eben so viel Macht
als Plato, der ihn aus seiner Republik verbannt.

»Ich weiß nicht, ob es damals eine Censur gab, aber
die Vermuthung liegt nahe, daß Caligula einer der ersten
Censoren gewesen sei. Der Kaiser Claudius zeigte sich auch
als Feind Homer's, dessen Verse er nicht leiden konnte —
vielleicht weil er sie nicht verstand. Und es soll wenig ge=
fehlt haben, daß der Kaiser Hadrian ausführte, was Ca=
ligula nicht vermocht hatte.

»Aber zu allen Zeiten sehen wir, wie wenig die Men=
schen dem Talente, dem Verdienste und selbst dem Genie
Gerechtigkeit widerfahren lassen. Wurde doch Sophokles
von seinen Kindern, die ihn für wahnsinnig ausgaben, vor
Gericht gestellt. Einige Kritiker haben den schwülstigen
Styl Pindar's, andere die Härte in der Ausdrucksweise
des Aeschylus und den Bau der Tragödien des Euripides
getadelt. Was würden sie jetzt sagen, wenn sie »Lazar,
den Hirten« oder den »Glöckner von St. Paul« sähen!
Sie würden gar nichts davon verstehen. Und merken Sie
wohl, daß ich dies nicht sage, um diese beiden Dramen von
Bochardy zu bekritteln, ich liebe diese beiden Stücke mit
den verwickelten, ineinandergreifenden Intriguen; ich sage
nur, daß Euripides aus dem »Hirten Lazar« nicht eine,
sondern mindestens zwölf Tragödien gemacht haben würde.«

»Er holt weit aus!« murrt der junge Sautrond, der
seine Vatermörder zurechtzieht; »ich sehe von seinem Tar=
tenpomme noch keine Spur.«

»Sie können noch lange warten, Theuerster,« ant=
wortet Dupétral; »dieser Schwätzer Monsignon, der im=
mer gern mit seiner Gelehrsamkeit Parade macht, gefällt
sich in endlosen Abschweifungen. — Sehen Sie auf die
Uhr, ich wette sechs Dutzend Austern, daß er in einer Stunde
seine Geschichte noch nicht beendet hat. Wenn man ihn um
die Erzählung eines Abenteuers ersucht, so ist es gerade als
ob man Scheherezade anhörte, wenn sie dem Sultan in
»Tausend und Eine Nacht« ein Märchen erzählt. Nun,
halten Sie die Wette?«

»Nein, ich würde sie wahrscheinlich verlieren, denn
ich sehe, daß er immer weiter ausholt.«

Monsignon fährt wirklich mit immer größerer Leb=
haftigkeit fort:

»Ja, meine Damen, ja, meine Herren, das Genie ist
oft der Gegenstand falscher und boshafter Kritiken gewe=
sen. — Ich beziehe dies nicht auf mich, denn da ich mein
Charakter=Lustspiel noch nicht beendet habe, so bin ich noch
nicht vor das Publicum getreten; aber ich bin darauf ge=
faßt, daß die Aristarchen jeder Farbe, die nicht einmal im
Stande wären, eine Scene zu schreiben, über mich herfallen
werden. Sie ziehen in den Staub den Vermessenen, der
ein Stück schreibt, ohne sie um Erlaubniß zu fragen. Ich
werde jeden Tadel ertragen, ohne zu wanken, ohne mich
zu beklagen, denn ich werde zu mir selbst sagen: Warum
sollte ich denn gegen die Spöttereien dieser Herren geschützt
sein? Sokrates wurde von Cicero ein Wucherer und von
Athenäus ein Ignorant genannt. Plato hatte manchen
herben Tadel zu ertragen: Theopomp wirft ihm Lügen,
Suidas Geiz, Porphyr Unmäßigkeit, Aulus Gellius Die=

Martin's Esel.   4

berei, Aristophanes Gottlosigkeit vor, und Andere beschul=
digen ihn eines gewissen Lasters, das ich nicht nennen mag.
Aristoteles, der mehr als vierhundert Bände geschrieben
hat, und von Alexander achthundert Talente erhielt ...

»Sie werden mich vielleicht fragen, wie viel ein Ta=
lent galt? Ich antworte Ihnen, daß das attische Talent
fünfhundert Mark Silber schwer war, und das macht ...
ich erinnere mich für den Augenblick nicht, aber wir werden
darauf zurückkommen. Ich wollte nur sagen, daß Ari=
stoteles ebensowenig wie Andere verschont geblieben ist.

»Plinius behauptet, Virgil besitze keine große Er=
findungsgabe, und Caligula erklärte, er sei nicht geistreich.
Ich mache Ihnen beiläufig bemerklich, daß dieser Herr
Caligula den Schriftstellern gar nicht gewogen war.
Herennius hat dem Virgil auch viele Fehler vorgewor=
fen. Perilius Faustinus sagte, seine Aeneïs sei ein ganz
gemeines Machwerk. Die Aeneïs ein gemeines Machwerk!
Meine Damen, wenn ich Zeit hätte, würde ich Ihnen
einige Verse daraus hersagen. Es würde Ihnen freilich
wenig Unterhaltung bereiten, da Sie kein Latein verste=
hen. Sobald es meine Zeit erlaubt, werde ich eine freie
Uebersetzung machen.

»Horaz tadelt die schlechten Witze des Plautus ziem=
lich derb. Quintilian und Martial behaupten, Lucian sei
eher unter die Redner als unter die Dichter zu zählen.
Man hat dem Titus Livius seine Abneigung gegen die
Gallier vorgeworfen. Den Dio Cassius hat man getadelt,
weil er ein Feind der Republik war. Dem Vellejus Pa=
terculus hat man seine schmähliche Nachsicht mit den La=
stern des Tiberius zum Vorwurf gemacht. Dem Herodot

und Plutarch hat man ihre leidenschaftliche Vorliebe für ihr Vaterland sehr übelgenommen. Demosthenes endlich, den Cicero selbst den berühmtesten, den größten Redner nennt, hat nach Hermippas viel mehr Kunst als Natur= wahrheit. Seine Reden schienen zu studirt und seine Sprache war, wie Aeschines behauptet, nicht immer rein.«

Hier schweigt Monsignon, um Athem zu schöpfen, und Madame de Beaurivage neigt sich zu Madame Postu= lant, und in der Meinung, sie spreche ganz leise, schreit sie ihr in's Ohr:

»Spricht er immer noch von Martin's Esel?«

Diese Frage, welche von der ganzen Gesellschaft ge= hört wird, erregt ein allgemeines Gelächter.

VIII.

Wo sich Monsignon mit Postulant zankt.

»Nein, Madame,« antwortet die Apothekersfrau der tauben Dame. »Nein, wir sind schon lange weit entfernt von Herrn Martin, der nach meiner Meinung ein weit in= teressanterer Gesprächsstoff war, als alle Poeten aus ver= gangenen Zeiten, die wir durchaus bewundern sollen und die vielleicht nicht einmal im Stande gewesen wären, sich ein Klystier zu bereiten. Finden Sie das nicht richtig?«

»O ja, ich esse auch gern Rettig, aber ich bekomme Aufstoßen darnach, ich verdaue ihn nicht gut.«

Madame Postulant wendet sich ab und hält es nicht für nothwendig, das Gespräch mit der tauben Dame fort= zusetzen.

Da der Redner Monsignon sich noch immer den

Schweiß von der Stirne wischt, so benützt Madame Gros=
pré die Pause, um ihn mit honigsüßer Stimme und zuge=
spitztem Munde zu sagen:

„Entschuldigen Sie, lieber Poet, Sie sagen uns da
Dinge, die allerdings sehr interessant, wenn auch etwas zu
gelehrt für uns sind; aber Sie wollten uns die Abenteuer
eines gewissen Tartenpomme erzählen, der vermuthlich nicht
zu Homer's oder Virgil's Zeiten gelebt hat, sonst würden
Sie ihn nicht gekannt haben . . . und bis jetzt geht es uns
wie der Schwester Anna mit dem Blaubart, wir sehen
noch nichts kommen, was auf Ihren Helden Bezug hat."

Monsignon nimmt mit einer gewissen Grazie seine
Prise und antwortet lächelnd:

„Ja, so sind die Frauen — immer ungeduldig, im=
mer nach dem Ziele strebend! Und wenn sie das Ziel er=
reicht haben, sind sie auch nicht zufrieden und halten keine
Ruhe. — Quid femina possit! — entschuldigen Sie, ich
vergesse immer, daß Sie kein Latein verstehen. Aber Herr
Postulant kann's Ihnen übersetzen. — Ja, meine Damen,
ich will Ihnen die Abenteuer des armen Tartenpomme er=
zählen; aber man macht sich nicht auf den Weg, ohne zu
flankiren und sich ein wenig umzusehen. Ich gestehe, daß
ich als Knabe nicht gerade die Schule schwänzte, aber doch
gern den längsten Weg nahm. Zuweilen nahm ich sogar
einen Weg, der mich nicht zur Schule, sondern in entgegen=
gesetzter Richtung führte. Aber ich flanirte nicht ohne Nutzen,
ich beobachtete alles Merkwürdige und Sehenswerthe; für
einen Beobachter gibt's immer was zu sehen, zu studieren,
und da, wo der gleichgiltige oder stumpfsinnige Mensch
vorübergeht, ohne stillzustehen, sieht der Beobachter eine

für die Wissenschaft, für die Gesundheitspflege, für den Geist oder auch für die bloße Neugierde zu machende Entdeckung.

»Dabei fällt mir eine scheinbar sehr einfache Thatsache ein, die aber zu einer Entdeckung geführt, aus welcher ich für mein ganzes Leben großen Nutzen gezogen habe. Ich war zwölf, höchstens dreizehn Jahre alt. Ich hatte eben einen Preis im Latein und zwei in Gedächtnißübungen erhalten. Meine Eltern, die mit meinen Fortschritten ungemein zufrieden waren, hatten mich gehätschelt und mir erlaubt, mit einigen Schulcameraden zu einem ländlichen Fest in der Nähe unseres Wohnorts zu gehen. Man hat immer Unrecht, den Kindern zu viel Freiheit zu geben, denn es ist selten, daß sie dieselbe nicht mißbrauchen. Ich sage das, und gleichwohl bin ich ein eifriger Freund der Freiheit. — O Gott! die Freiheit ist so schön! Leider versteht sie Jedermann in seiner Weise und alle Freiheitsprediger pflegen sich am Ende unter einander zu prügeln und zu morden, weil Jedermann die Freiheit haben will, zu thun und zu nehmen, was ihm gefällt. Und was gefällt ihnen? Immer die ersten Plätze und die besten Bissen.

»Zum Beispiel gestehe ich Ihnen, daß mich keineswegs nach jener Freiheit gelüsten würde, die sich Frankreich in den Jahren zweiundneunzig und dreiundneunzig zu geben glaubte, und die nur eine wahre Tyrannei war. Wenn man überall an allen Wänden las: »Freiheit, Brüderlichkeit oder Tod!« so mußte jene Freiheit wohl nicht sehr heiter und tanzlustig machen. Der Tod war damals an der Tagesordnung, man konnte sich seiner nicht erwehren, wenn man ihn auch nicht leiden konnte. Da war vor dem

Laden eines Barbiers zu lesen: »Hier rasirt man in aller Freiheit, oder der Tod!« Ein Krämer ließ über seine Thür einen Ladenburschen malen, der Schweizerkäse abwog, und hinter ihm den Tod, der ihm auf die Finger schaute, ob er nicht am Gewicht betrog.

»Ein Speisewirth, der die Mode mitmachen und die Sansculottes anlocken wollte, setzte auf seine Speisekarte: »Fleischsuppe oder der Tod; Rindfleisch mit Kohl oder der Tod; Hühnerfricassée oder der Tod« und so fort. Dieser angenehme Zusatz begleitete alle Speisen. Einige brave Leute aus der Provinz, die in das Gasthaus gingen, fingen bitterlich an zu weinen, als sie die Speisekarte lasen, und sagten zu dem Kellner: »Citoyen Garçon, wir wollen von Allem essen, wir versprechen es, wenn wir uns auch den Magen verderben; aber um Gottes willen geben Sie uns nur nicht den Tod!«

»Sapperlot! es ist gut, daß ich nicht gewettet habe!« sagt der junge schöne Sautrond zu seinem Nachbar Dupé= tral. »Sie haben Recht, es sind zwar keine arabischen Märchen. aber es spinnt sich aus wie in »Tausend und Eine Nacht«.

»Mich langweilt es nicht; ich bin neugierig, wie die Schreckensherrschaft in Frankreich uns zu den Abenteuern Tartenpomme's führen wird.«

Postulant scheint nicht derselben Meinung zu sein wie Dupétral, sondern zu finden, daß Monsignon sein Gedächt= niß und seine Sprachgewandtheit mißbrauche. Er ruft ihm zu:

»Herr Nachbar, Sie scheinen sich immer mehr von Ihrem Gegenstande zu entfernen. Haben Sie das Wort genommen, um von der Schreckenszeit zu sprechen? Nun.

dann sprechen Sie davon; ich weiß, daß es sehr merkwür=
dige Anecdoten aus jener Zeit zu erzählen gibt. Aber wenn Sie
uns die Abenteuer Ihres Zeitgenossen Tartenpomme erzäh=
len wollen, so bleiben Sie bei der Sache. Ich sage Ihnen wie
Prudhomme in der »Famille improvisée, wo Henri Monier
so drollig ist: »Wollen Sie von Jagincourt sprechen? dann
sprechen Sie von ihm; aber wir wollen uns entschließen,
was für einen Gegenstand wir besprechen.« — Der Henri
Monier hat Geist und Witz. Und was für ein Talent als
Charakterzeichner, als Caricaturist! — Man muß ihn in
Gesellschaft hören, wenn er die Scene des in der Nacht mit
dem Postwagen ankommenden Herrn spielt. Es ist natür=
lich in der Zeit, wo es noch Postwagen gab. Es ist zum
Todtlachen! Ich habe ihn einmal in Paris bei einem
Schriftsteller gehört; welch' einen genußreichen Abend habe
ich da gehabt! Ich sprach viel mit ihm. Wenn er durch
unsere Stadt reiste, so würde ich ihn bei Ihnen einführen,
meine Damen, und ich weiß, daß Sie mir dafür danken
würden.«

Monsignon wird unwillig, daß ihm der Apotheker so
lange in's Wort fällt; er erwiedert:

»Ich kenne Henri Monier sehr wenig; ich habe von
ihm gehört. Ein Vetter von mir wollte ihn im Odéon in
»Monsieur Prudhomme« sehen; zum Unglück hatte er vor
dem Eintritt den Theaterzettel nicht beachtet; man hatte im
Laufe des Tages eine andere Vorstellung angekündigt und
statt des »Monsieur Prudhomme« sah er »Andromache«.
Näher kenne ich Henri Monier nicht.«

»Sagen Sie doch lieber, das Sie ihn gar nicht kennen. Ich

will lieber Henri Monier kennen. als wissen, wie Caligula mit Homer und Virgil umgegangen ist. So denke ich.«

»Es scheint mir, Herr Postulant, daß Sie einen Stein in meinen Garten werfen. Haben Sie etwa die Absicht, mich zu kränken?«

»O nein, ich sage Ihnen nur meine Meinung; wenn Sie anders denken, so ist es mir sehr gleichgiltig, ich werde deshalb meine Meinung nicht ändern.«

»Es liegt mir gar nichts daran, ob Ihre Ansicht von der meinigen verschieden ist oder nicht. Alles, was sich auf Wissenschaft und Gelehrsamkeit bezieht, langweilt Sie und ich finde es ganz begreiflich; man findet nur an Dingen Gefallen, die man versteht. Vormals mußten die Apotheker — denn Pharmaceuten und Apotheker sind gleichbedeutend, man hat die Namen geändert, aber der Stand ist im statu quo geblieben, — vormals, sage ich, mußten die Apotheker gute Studien machen, Latein und sogar Griechisch lernen ; kurz, sie mußten die Humaniora absolviren. Heutzutage ist es ganz anders, man ist bei weitem nicht mehr so streng; ich kenne einen, der emeticum immer mit h schreibt.«

»Herr Monsignon, Sie insultiren die Genossenschaft der Pharmaceuten, das kann ich nicht dulden!«

»Herr Postulant, warum insultiren Sie die Gelehrten? Warum stellen Sie Henri Monier über Caligula?«

»Weil es mir so gefällt. Bin ich denn nicht Herr meiner Meinungen? Warum stecken Sie Ihre Nase hinein?«

»O, ich weiß wohl, wohin Sie Ihre Nase stecken!«

»Wie! Sie zanken sich, meine Herren!« eifert Madame Grospré. »Was soll das bedeuten? Freunde, Nachbarn, Männer, die sich gegenseitig achten und lieben! Denn ich bin überzeugt, daß Sie einander im Grunde recht gut sind.«

»Dann ist's wirklich sehr tief im Grunde!« erwiedert Postulant.

»Pfui! meine Herren, es nicht recht, die vollkommene Harmonie, welche immer in unseren Gesellschaften herrscht, zu stören; aber ich glaube, daß es Ihnen schon leid ist.«

»Sie haben Recht, Madame,« sagt der kleine Poet; »ich hatte Unrecht, die Aeußerungen des Herrn Postulant übelzunehmen, es war nicht der Mühe werth.«

»Der Friede ist also wieder hergestellt und jetzt kann Herr Monsignon den Faden seiner Erzählung wieder aufnehmen.«

»Was für einen Faden!« lacht Dupétral; »es ist ein dickes Gebinde, ein gewaltiger abzuwickelnder Knäuel!«

IX.

Weg mit dem Latein!

»Ich sagte Ihnen also — wo war ich denn stehen geblieben?« beginnt Monsignon.

»Sie erzählten von braven Leuten aus der Provinz, die unter der Freiheitsherrschaft gezwungen zu sein glaubten, die ganze Speisekarte durchzukosten, um nicht den Tod erleiden zu müssen.«

»Sonderbar! Wie war ich denn dahingekommen? — Ah! jetzt erinnere ich mich; meine Eltern hatten mir erlaubt, mit einigen Schulcameraden ein ländliches Fest zu besuchen. Ich mißbrauchte die mir octroyirte Freiheit und kaufte für mehr als fünf Francs Lebkuchen, mit denen ich meine Freunde tractirte; ich selbst verzehrte freilich einen guten Theil davon. Ich verzehrte eine solche Masse harter Pfefferkuchen und lebzeltener Reiter, daß ich unangenehme Folgen davon verspürte. Ich mied das lustige Drängen und Treiben, das mir anfangs so viel Vergnügen gemacht hatte, und suchte die Einsamkeit, die entlegensten Plätze. Das ländliche Fest lockte zu Tanz und Lust; aber was ich empfand, machte mir die Theilnahme an allen Freuden un= möglich. Kurz, ich kam in einem kläglichen Zustande nach Hause.«

»Fürwahr, eine interessante Geschichte!« flüstert der Apotheker seinem Nachbar Liroquet zu, während Madame de Beaurivage, die sich das Ansehen geben will, als hätte sie verstanden, dem Erzähler zuruft:

»O, ich verstehe. Ja, ja, das kommt oft vor; mir ist's auch so gegangen an meinem Hochzeitstage, und der selige Beaurivage war entzückt darüber. Er schloß mich in seine Arme und sagte zu mir: »Erröthe nicht über deine Weichheit, mein Engel; sie macht mich zum glücklichsten Manne!«

»Was meinte er denn mit Ihrer Weichheit, Madame?« schreit ihr Dupétral ins Ohr.

»Was sonst, als das Geständniß meiner Liebe! — Als ich von der Mairie gekommen war, hatte ich in meiner kin= dischen Freude gerufen: »Es ist doch recht unterhaltend, zu heiraten!« Ich war noch so kindisch, so unschuldig! . . . Es ist freilich schon lange her.«

»Dieser Zusatz war überflüssig,« sagt Breillet.

»Ich war also in einem sehr fatalen Zustande, der ziemlich lange dauerte,« fährt Monsignon fort; »ich war blaß, mager, kränklich geworden. Hätten Sie mich damals gesehen, so würde ich einen peinlichen Eindruck auf Sie gemacht haben.«

»Diesen Eindruck macht er in diesem Augenblicke auf mich!« murrt der Apotheker; »denn er faselt schrecklich, nnd ich bezweifle, daß er jemals mit seiner Geschichte zu Ende kommen wird.«

»Aber ich war, wie ich schon die Ehre hatte zu sagen, ein sehr feiner Beobachter; ich wollte Alles sehen, meine Wißbegierde hatte keine Grenzen. Es gibt Leute, welche durchaus keine Wißbegierde besitzen; sie sind zu bedauern, man muß sie in ihrer Unwissenheit lassen.«

»Beati pauperes spiritu! quoniam ipsorum est regnum coelorum! *) erwiedert der Apotheker, der gern zeigen will, daß er auch Latein versteht.

»Ja, ich weiß es wohl,« antwortet Monsignon; »aber das ist mir gleichgiltig, ich will hienieden lieber geistreich sein. Und wer hat gesagt: »Glücklich sind die Armen an Geist!« wahrscheinlich Einer, dem es selbst daran fehlte.«

»Der heil. Augustin hat's gesagt.«

»Ich glaube, daß Sie sich irren.«

»Warum soll ich mich denn irren?«

»Weil Sie in einer Täuschung befangen sind.«

---

*) Glücklich sind die Armen an Geist, denn ihrer ist das Him=
melreich.

»Plus negare potest asinus quam probare philo-
sophus.« *)

»Was wollen Sie damit sagen, Herr Postulant?
Sie wollen mich wohl gar mit einem Esel vergleichen?«

»O, jetzt gerathen Sie in Zorn, weil ich Ihnen
lateinische Brocken zuwerfe. — Diese Gemüthsbewegung
hätten Sie sich ersparen können. Sie behaupten, die Phar=
maceuten wären Ignoranten! Man wird Ihnen das
Gegentheil beweisen. Vita brevis, ars longa, occasio
praeceps, experientia fallax, judicium difficile. Dies
ist von Hippokrates . . . Sie sind in die Enge getrieben!«

»Sagen Sie nur, Herr Postulant, daß Sie mich hin=
dern wollen, in meiner Erzählung fortzufahren. Das ist
besser, denn Sie fallen mir jeden Augenblick ins Wort.«

»Meine Herren, wollen Sie schon wieder anfangen?«
mahnt die stolze Phöbe, sich halb von ihrem Sessel er=
hebend. »Und noch dazu im Latein! . . . Aufrichtig gesagt,
es ist nicht galant, jeden Augenblick Latein in Ihre Worte
einzuflechten; Sie wissen doch, daß es die Damen nicht
verstehen. Ein= für allemal, meine Herren, ersuchen wir
Sie, diese todte Sprache aus Ihrem Gespräche wegzulassen.
Wir wollen den Ersten, der unser Verbot übertritt, in
Strafe, und zwar in strenge Strafe nehmen. Sind Sie
damit einverstanden, meine Damen?«

»Ja, ja! kein Latein mehr! Jedes lateinische Wort
soll Strafe zahlen!« antworten die Damen einstimmig mit
hocherhobenen Händen. Und Madame de Beaurivage, die
es den andern gleichthun will, obgleich sie die Bedeutung

---

*) Der Esel kann mehr verneinen, als der Philosoph beweisen.

dieser Demonstration nicht kennt, hebt auch die Hand em=
por, schwenkt ihr Schnupftuch und ruft:

»Ja, ja, die Eisenbahnen sollen leben! Das war
immer meine Meinung. Man kann mit Ludwig XIV.=
sagen: „Es gibt keine Pyrenäen mehr.«

X.

Die Hagebutten.

Monsignon läßt die Wirkung, welche die Herzens=
ergießungen der Madame de Beaurivage immer hervor=
bringen, vorübergehen, und als die Gesellschaft aufgehört
hat zu lachen, nimmt er wieder das Wort:

»Ich war also unpäßlich, ich war krank und wußte
nicht, wie ich meinen normalen Gesundheitszustand wieder
finden sollte. Da sah ich eines Tages, als ich auf dem
Felde spazieren ging, einen kleinen Knaben Hagebutten
pflücken. Sie kennen doch die kleinen rothen Früchte, die,
nachdem die wilden Rosen abgeblüht sind, an den Büschen
zurückbleiben. — Da der Junge diese Hagebutten mit
großem Wohlbehagen zu essen schien, so bekam ich auch
Lust, davon zu kosten, und ich aß eine Handvoll. Denken
Sie sich mein Erstaunen, meine Freude, mein Glück, als
ich in Folge dieser Näscherei bemerkte, daß ich nicht mehr
. . . kurz, daß ich nicht mehr krank war. Seit jener Zeit
habe ich immer einen Vorrath dieser kleinen Früchte ge=
habt; sie lassen sich sehr gut aufbewahren. Wenn ich Be=
schwerden fühle, verschlucke ich vier oder fünf Hagebutten
und bin curirt.«

»Und um da hinaus zu kommen, langweilt er uns
seit einer Stunde!« eifert Madame Postulant »Wahrhaftig, Herr Monsignon macht sich über uns lustig. Er
hätte nur das Elixir meines Mannes nehmen dürfen, das
wäre besser gewesen, als alle Hagebutten und alle adstrin-
girenden Mittel des Pflanzenreichs.«

»Aber, Madame,« entgegnete Phöbe, »Herr Monsignon war damals noch ein Knabe und wahrscheinlich
hatte Ihr Herr Gemal sein wunderbares Elixir noch nicht
erfunden.«

»O ich,« sagt die Viermännerwitwe, »wenn ich mich
in der Lage unsres lieben Poeten befinde, so esse ich
Mispeln und diese haben bei mir ganz dieselbe Wirkung
wie die Hagebutten.«

»Ich verlange Tartenpomme oder mein Geld!« ruft
Dupétral lachend.

»Jetzt fange ich an ... und werde bei der Sache
bleiben,« antwortet Monsignon und wirft dem Apotheker,
der auf seinem Sessel einzuschlafen scheint, einen grimmi-
gen Blick zu. Ich glaube Ihnen schon gesagt zu haben.
daß mein Held aus Chartres gebürtig war. Ich brauche
Ihnen wohl nicht zu sagen, daß Chartres vor der christ-
lichen Zeitrechnung die Stadt der Carnuten war und daß
ihr Cäsar den Namen Autricum gab, den sie bis zum vierten Jahrhundert führte; später hatte sie eigene Grafen,
welche Grafen von Champagne wurden; später ....«

»Genug! Genug! Wenn Sie es uns nicht zu sagen
brauchen, warum sagen Sie es denn?« eifert Dupétral.

Monsignon unterdrückt einen Seufzer und sagt zu

sich: »Man kann ebensogut einen Neger weiß waschen, als Dummköpfen Liebe zur Wissenschaft einflößen!«

Dann fährt er laut fort:

»Der Vater Tartenpomme's war Kuchenbäcker und hieß Beuglant . . .«

»Dann ist also Tartenpomme ein Taufname?« sagt Liroquet. »Das wundert mich, ich habe ihn nie im Kalender gesehen.«

»Nein, der Vorname Tartenpomme findet sich nicht im Kalender, aber wenn Sie mich nicht schon wieder unterbrochen hätten, würden Sie erfahren haben, daß es nur ein Spitzname war, den der angehende Kuchenbäcker erhielt, weil er für Aepfelkuchen schwärmte. Sobald sein Vater dieses Backwerk aus dem Ofen zog, fiel der Junge darüber her, es war unmöglich, etwas davon im Laden zu behalten; Beuglant's hoffnungsvolles Söhnlein machte es sofort unsichtbar. Daher kamen die Eltern und Gevattern auf den Gedanken, den kleinen Näscher Tartenpomme zu nennen. Sein wirklicher Taufname, glaube ich, war Nicolaus.

»Es war zu vermuthen, daß der kleine Tartenpomme mit seiner großen Vorliebe für dieses Backwerk viel Gefallen an dem Gewerbe seines Vaters finden und ein ausgezeichneter Pâtissier werden müsse. Dies war aber keineswegs der Fall; der Sohn Beuglant's schwärmte für Backwerk, um es zu essen, aber machen wollte er es nicht. Er fühlte in sich den Beruf zu schreiben, Theaterstücke zu machen, kurz, ein Schriftsteller zu werden. Wenn sein Vater unwillig wurde und ihn antrieb, den Teig für seine Pasteten umzurühren, so antwortete Tartenpomme: »Mit Theaterstücken kann man weit mehr Geld verdienen.«

Und zum Beweise seiner Behauptung nannte er die Stücke dieses oder jenes angehenden Autors und setzte hinzu: »Meister André, der Perrückenmacher, hat eine Tragödie geschrieben, warum sollte ich denn nicht tauglich sein, ein Drama zu schreiben?«

»Papa Benglant, der gar nicht dumm war (ich habe sehr gescheidte Kuchenbäcker gekannt), antwortete seinem Söhnlein: »Ja, Meister André, der Perrückenmacher, hat eine Tragödie geschrieben, und er hatte sogar die Keckheit, sie Herrn von Voltaire zuzusenden und ihn lieber College zu nennen; aber Herr von Voltaire schrieb ihm einen Brief zurück, der auf zwei Seiten nur die drei Worte enthielt: »Machen Sie Perrücken, machen Sie Perrücken,« und immer ... »machen Sie Perrücken.« — »Ich weiß es wohl, Papa,« erwiederte Tartenpomme, »und als Meister André diese Antwort las, sagte er: »Man merkt, daß Herr von Voltaire alt wird; man sehe nur, wie er sich wiederholt!« Ich will keine Tragödien schreiben, ich weiß, daß dieses Genre von Theaterstücken aus der Mode gekommen ist. Ich will Dramen schreiben.« — »Backe Kuchen und Butterstollen, das ist besser und Du weißt gewiß, daß Du die Waare absetzest.« — »Mit Kuchenbacken werde ich nicht reich.« — »Warum nicht? Ich könnte Dir mehrere Kuchenbäcker nennen, die ihr Geschäft zu fabelhaften Preisen verkauft haben. Wenn Du die Butterstollen vorziehst, so backe kleine Butterstollen zu einem Sou. Alle diese Artikel gehen ab wie Brot, besser als Brot und sie erfordern keine großen Betriebskosten.«

»Aber der junge Benglant wollte weder Kuchen noch Butterstollen backen, und er behauptete ...«

»Wie, Herr Grospré, Sie nehmen Coeur?«

»Allerdings, ich nehme Ihren Buben mit meiner Dame, es ist ganz einfach.«

»Es wäre wirklich ganz einfach, wenn Sie nicht die Farbe verläugnet hätten, als ich soeben Coeur ausspielte.«

»Ich habe die Farbe nicht verläugnet, ich habe Coeur zugegeben, Herr Boulingrin.«

»Sie haben auf das Aß allerdings zugegeben, aber nicht auf den König.«

»Doch, ich habe immer Coeur bedient.«

»Nein; Sie konnten auch nicht die Dame dreimal besetzt haben, denn ich habe sechs Coeurs.«

»Fünf . . . Sie haben fünf gezählt.«

»Weil ich eine Karte abgelegt habe.«

»So! Das ist etwas Anderes.«

»Ich will in meine abgelegten Karten sehen . . .«

»Es ist nicht nöthig, wir können ja die Partie für ungiltig erklären.«

»Wie! die Partie für ungiltig erklären, da ich gewonnen habe? Sie sind sehr schlau!«

»Still, meine Herren Piquetspieler!« ruft Madame Grospré; »oder wir müssen Sie ersuchen, in einem andern Zimmer zu spielen; denn bei Ihrem ewigen Gezänk ist's nicht möglich, Herrn Monsignon zu verstehen.«

»Mein Gegner hat Coeur nicht bedient und nun sticht er mit seiner Dame . . .«

»Genug! kein Wort mehr! Wir erklären aus eigener Machtvollkommenheit die Partie für ungiltig.«

»Aber, Madame . . .«

»Lieber Monsignon, entschuldigen Sie diese ver-

Martin's Esel.   5

wünschten Spieler und fahren Sie in Ihrer interessanten Erzählung fort. Sie waren bei den kleinen Butterstollen zu einem Sou stehen geblieben."

„Er sollte nur sofort zu den großen Kuchen übergehen und ein Ende machen!" murrt Postulant.

XI.

Der Titel eines Stückes.

„Papa Beuglant widerstand den dringenden Bitten Tartenpomme's, er wollte nicht glauben, daß ein Schrift=steller oder Literat reich werden könne, und er hätte sein Söhnlein durch viele Beispiele widerlegen können. Er führte diese Beispiele aber nicht an, weil er sie nicht kannte, sonst würde er gesagt haben: Mein Sohn, das Verdienst findet sehr selten klingenden Lohn. Der arme blinde Homer sagte auf Straßen und öffentlichen Plätzen seine Verse her, um seinen Lebensunterhalt zu erwerben. Plautus, der hei=tere, originelle Lustspieldichter, mußte, um sein Brod zu verdienen, einen Mühlstein drehen. Xylander verkaufte für einen Teller Suppe seine Anmerkungen zu Dio Cassius. Aldus Manucci war so dürftig, daß er sich zahlungsunfä=hig machte, weil er nur die zum Transport seiner Bücher und Manuscripte von Venedig nach Rom nothwendige Summe geborgt hatte.

„Jean Bodin, Sigmund Gelenius, Lelio Giraldi und sehr viele andere Gelehrte sind in Dürftigkeit gestorben. Agrippa starb im Hospital, und man glaubt, daß Michel

Cervantes, der unsterbliche Verfasser des Don Quichote, dieses bewunderten und in alle Sprachen übersetzten Meisterwerkes, in Noth und Elend gestorben sei; Paolo Burghese, ein italienischer Dichter, der auch ein »befreites Jerusalem« geschrieben, konnte vierzehn Gewerbe und darbte. Tasso war so arm, daß er einst einen Thaler borgte und damit eine ganze Woche lebte. In einem hübschen Sonett bat er seine Katze, ihm in der Nacht das Licht ihrer Augen zu leihen; er sagte:

»Non avendo candele per iscrivere i suoi versi!« *)

»O meine Damen! Ich sehe Sie schon im Begriffe, mich mit Ihren Vorwürfen zu überhäufen und mir eine Geldbuße aufzulegen. Aber Sie haben nicht das Recht dazu, das ist kein Latein, sondern Italienisch. Diese weiche, liebliche Sprache, mit der man so gut die Liebe ausdrückt — die Sprache der Liebenden und der Virtuosen, denn sie schmiegt sich auch der Musik an, und manche Sängerin wirft Ihnen in einer Opera buffa ein H oder C zu, die es gewiß nicht im Stande wäre, wenn sie dasselbe Stück französisch singen sollte. Sie können also das Italienische nicht auch verpönen.«

»Aber wer beweist uns, daß es wirklich Italienisch und nicht Latein ist?« fragt die Witwe Rifflard.

»Meine Damen, ich glaube doch, daß einer der anwesenden Herren etwas Italienisch versteht.«

»Yes! yes!« ruft der junge Sautrond, sich auf seinem Sessel wiegend. »Es ist wirklich Italienisch, ich verstehe

---

*) Da er keine Kerzen hatte, um seine Verse zu schreiben.

es; als ich in Paris war, besuchte ich immer die Opera buffa; es ist das Stelldichein der elegantesten Gesellschaft der Hauptstadt.«

»Erlauben Sie, Verehrtester, Sie sagen yes, um uns zu beweisen, daß Sie Italienisch können; mich dünkt, es sei Englisch.«

»Ich habe mich versprochen, ich wollte sagen: !»Si. Signor.«

»Die Nebenfrage ist erledigt,« sagt Dupétral, »der Redner kann fortfahren. «

»Man hat das Latein verpönt,« sagt Monsignon zu sich; »ich will die Gesellschaft mit Italienisch füttern und es wird mir um so mehr Freude machen, da es der Apothe= ker gewiß nicht versteht.«

»Nun, fahren Sie doch fort, lieber Poet,« fügte Phöbe hinzu. »Sie sagten, ein Schriftsteller habe die Augen seiner Katze für eine brennende Kerze gehalten. Ich glaube es und es wundert mich gar nicht; ich bin auch eine große Katzenfreundin und habe bemerkt, daß die Augen dieser Thiere in der Nacht viel glänzender sind, als bei Tage.«

»Haben Sie eine Katze wohl im Dunklen gegen das Haar gestrichen?«

»Nein. Warum?«

»Sie hätten dann elektrische Funken aus ihrem Kör= per hervorkommen sehen, denn diese Thiere enthalten viel Elektricität.«

»Nicht möglich! Aber ich würde mich fürchten, wenn meine Katze Feuer sprühte; ich würde glauben, es sei der Teufel.«

»Ich habe Ihnen ja erklärt, woher es kommt.«

»Ich würde mich doch fürchten!«

»Ich habe einen großen schwarzen Kater,« sagt Madame Rifflard; »ich werde ihn diesen Abend verkehrt streichen.«

»Ich sagte Ihnen also,« fährt Monsignon fort, »daß Schriftsteller selten vom Glück begünstigt werden. Der Cardinal Bentivoglio, eine Zierde Italiens, der schönen Wissenschaften und der Wohlthäter aller Unglücklichen, dem man die vortreffliche »Geschichte der Bürgerkriege in Flandern« verdankt, sah sich in seinen alten Tagen genöthigt, seinen Palast zu verkaufen, um seine Schulden zu bezahlen, und hinterließ bei seinem Tode nicht einmal die Begräbnißkosten.«

»Ich werde Italien nicht verlassen, ohne von dem Dichter zu sprechen, der an die Dame seiner Gedanken folgende hübsche Verse richtete:

»Felice chi vi mira, ma più felice chi per voi sospira!
Felicissimo chi sospirando fa sospirar voi! —« *)

»Ist das Italienisch?« fragt Madame Rifflard.

»Ja, schöne Dame, das reinste Italienisch.«

»Herr Sautrond, was bedeuten diese Verse?«

Der junge Stutzer kratzt sich am Ohr, an der Nase und noch anderswo, dann stammelt er:

»Diese Verse bedeuten . . . nun, sie sind sehr leicht zu verstehen . . . es heißt darin, daß nichts so glücklich macht . . . wie das Glück.«

---

*) Glücklich wer Dich sieht, doch glücklicher wer für Dich seufzt; überglücklich, wer Dich seufzen macht!

„Ist es recht so, Monsignon?"

„Nicht Wort für Wort, es ist eine freie Ueberseßung. "

„Was wird denn aus Tartenpomme?"

„Mich dünkt, meine Damen, daß ich Ihnen eben seine Geschichte erzählte. Ich will von den italienischen Dichtern nichts mehr sagen, weil Sie so wenig Gefallen an denselben finden. Aber waren denn die Schriftsteller in Frankreich glücklicher? André Duchesne, ein gelehrter Ge= schichtschreiber, Vaugelas, einer der ersten Schrift= steller seiner Zeit, Baudoin, von der französischen Akademie, de L'Etoile, ein fruchtbarer Chronist, sie alle sind arm gestorben.

„Aus der neuen Zeit könnte ich Ihnen Gilbert nen= nen, der im Hospital starb; Hegesippe Moreau, der nicht glücklicher war, und viele Andere, die sich erhängt oder ersäuft haben. Einige wollten freilich troß Minerva Poe= ten sein, ohne jene Gaben zu besißen, welche zu leichter Führung der Feder befähigen. Aber wir leben in einer Zeit, wo die jungen Leute denken: Ich will Schriftsteller, Dichter, Romanenschreiber werden, wie sie vormals sagten: Ich will Juwelier, Advocat, Arzt, Baumeister, Zahn= arzt werden. Alle diese Berufszweige sind jedem zugäng= lich, der fleißig ist und etwas lernt, aber sie erheischen keine große geistige Begabung. Doch den Advocatenstand nehme ich aus, denn ein beschränkter Advocat ist weit ge= fährlicher, als wenn man gar keinen hat. Aber er darf seine Redegabe auch nicht mißbrauchen und zum Schwäßer werden.

„Phocion nannte die Schwäßer Zeitdiebe. Er ver= glich sie außerdem mit leeren Tonnen, die einen stärkeren

Ton von sich geben als volle Tonnen, und er hatte vollkommen Recht. Ihr alle, die Ihr in Kaffeehäusern, Journalen, Theatersälen und selbst in geselligen Cirkeln und Salons das große Wort führt, Ihr seid meistens nur leere Tonnen . . ."

»Ich möchte wissen, zu welcher Art von Tonnen er sich zählt!« flüstert Dupétral seinem Nachbar zu; »er eifert gegen die Schwätzer . . . Das ist wirklich zu arg! Man kann mit vollem Recht sagen: »Nemo in sua causa judex!« *)

»Wer spricht Latein?« ruft Madame Grospré, von ihrem Sessel auffahrend.

»Ich nicht, Madame,« erwiedert Monfignon; »ich beobachte gewissenhaft Ihr Verbot.«

»Sie sind's also gewesen, Herr Postulant?«

Aber der Apotheker, der, um Monfignon zu ärgern, sich schlafend stellt, antwortet nicht.

»Dann sind Sie's gewesen, Herr Boulingrin!«

Der Notar antwortet:

»Drei Aß, drei Könige und Quintmajor. Dieses Mal werden Sie nicht läugnen, daß ich gewonnen habe.«

»Es scheint Niemand gewesen zu sein. Fahren Sie fort, Monfignon.«

»Der junge Tartenpomme stopfte seinem Vater den Mund, indem er Scribe und Dennery nannte. Der Kuchenbäcker hatte in seiner Jugend »das Urtheil Salomo's« und »der Wald bei Hermannstadt« gesehen, zwei Melodramen, die ungeheuren Beifall gefunden hatten, und er

*) »Niemand kann Richter in seiner eigenen Sache sein.«

antwortete seinem Sohne: »Diese Stücke, welche ganz Paris anlockten, waren von Caigniez, einem anspruchslosen Schriftsteller, der aber schrieb, wie sich von selbst versteht. Ich habe Caigniez jedoch in seinen alten Tagen gesehen, und er war keineswegs in glücklichen Verhältnissen. Er wohnte in Belleville und lebte von einer Pension, die ihm andere Schriftsteller auszahlten. Wie kommt es, daß er troh seiner glänzenden Erfolge nicht reich geworden ist?«

»Aber der junge Tartenpomme, der inzwischen Erfahrungen gesammelt hatte, antwortete auf diese und ähnliche Einwürfe: »Vater, die Zeit ist vorüber, wo ein Schriftsteller neun Francs für jeden Abend erhält, an welchem sein Melodrama ausgeführt wurde; damals wurden nur die Theaterdirectoren reich, und das war ungerecht. Jetzt ist's anders, ein Schriftsteller hat Anspruch auf einen Theil der Einnahme, je mehr also sein Stück einträgt, desto mehr verdient er. Es werden daher viele Schriftsteller reich und kaufen sich Landhäuser.«

»Papa Beuglant mußte sich ergeben. Tartenpomme folgte seinem innern Berufe und stahl dabei die warmen Aepfelkuchen aus dem Laden. Endlich genas der junge Poet eines großen Dramas in sechsunddreißig Bildern, betitelt: »Die Frauen vor Erschaffung der Welt.«

»Sapperlot!« sagt Dupétral; »der Titel scheint mir weder Sinn noch Verstand zu haben.«

»Ich gestehe, daß er über meine Begriffe geht,« setzt Liroquet hinzu.

»Ich finde ihn superb!« erklärt Madame Rifflard. »Die Frauen vor Erschaffung der Welt, folglich vor den Männern, das ist prachtvoll!«

»Was sagen Sie dazu, Herr Postulant?« fragt Madame Grospré.

Der Apotheker niest und behauptet, er habe nicht verstanden.

»Aber woher nehmen Sie diese Frauen?« fragt Dupétral den Erzähler.

»Ich nehme sie gar nicht!« erwiedert Monsignon; »ich nenne Ihnen den Titel, den das Stück meines Freundes Tartenpomme hatte; ich habe mich nicht verpflichtet, Ihnen die Erklärung zu geben. Trotzdem aber stimme ich mit Madame Rifflard überein: ich finde den Titel superb. Ein solcher Titel ist geeignet, ganz Paris in's Theater zu locken.«

»Aber er ist unverständlich.«

»Eben deshalb! Man will Aufklärung über Dinge, die man nicht versteht; man will das Geheimniß durchdringen, das sie umgibt. Glauben Sie etwa die Neugierde zu reizen, wenn Sie ein Stück unter dem Titel »Fanfan und Colette« oder »Zweimal zwei macht vier« bekannt machen? Sie würden sich sehr täuschen, man würde an dem Theaterzettel vorbeigehen und nicht hineingehen. Erfinden Sie hingegen recht effectvolle, haarsträubende, schauerliche Titel, wie: »Die Kinder des Gespenstes,« oder »Die Grabeshöhle,« oder »Die gehängten Brautleute,« — das weckt die Neugier, fesselt die Aufmerksamkeit, erregt die Phantasie, und die Menge wird in das Theater strömen, das solche Stücke ankündigt.«

»Das kommt auf den Geschmack an,« sagt Madame Breillet; »ich liebe das Schauerliche nicht, es würde mich vielmehr vom Besuche des Theaters abhalten.«

»Nun, fahren Sie fort, Monsignon, und lassen Sie

hören, was Ihr schriftstellernder Kuchenbäcker — oder Ihr kuchenbackender Schriftsteller — mit seinen Frauen vor Erschaffung der Welt gemacht hat. Sie haben unsere Neugierde gereizt. — Nicht wahr, Madame de Baurivage, Sie wünschen auch das Schicksal dieses Stückes zu kennen?«

»O ja, ja! ... allerdings, die Reifröcke wären minder lästig und nähmen weniger Platz ein, als die Crinolinen. Aber man wird ganz gewiß auf die alte Mode zurückkommen; binnen zwei Jahren werden Sie alle Damen in Reifröcken sehen.«

»Was haben denn die Reifröcke mit den Frauen vor Erschaffung der Welt zu thun?« sagt Dupétral mit einem Seitenblick auf Mademoiselle Mignonnette, welche die Augen niederschlägt, aber doch nicht so tief, daß sie nicht Alles sehen könnte, was um sie vorgeht.

Im Allgemeinen traue man den Augen nicht, die vor sich nieder blicken, ebensowenig wie den honigsüßen Stimmen, den ewig lächelnden Lippen und den Männern, die keine Minute hinbringen können, ohne zu rauchen. Aber in der Welt gibt's so viele Dinge, die man mit Mißtrauen betrachten muß, daß man fast immer auf der Hut sein müßte, und dadurch würde der gesellige Verkehr kalt und zurückhaltend werden; es ist daher vielleicht klüger, kein Mißtrauen zu hegen und Gott walten zu lassen.

XII.

Jungfer Kunigunde.

Der kleine Monfignon schickte sich an, in seiner Erzäh=
lung fortzufahren, und Madame Valbrun, die an seinen
Salbadereien durchaus kein Vergnügen fand und gar nicht
neugierig war, über die Frauen vor Erschaffung der Welt
Näheres zu erfahren, war eben in Begriff Kopfschmerzen
vorzuschützen, um sich in ihr Zimmer zu begeben — als
sich die Salonthür rasch aufthut und den Erzähler wieder
zum Schweigen bringt.

Die ganze Gesellschaft blickt nach der Thür. Man ist
begierig zu wissen, wer so spät noch erscheint, und einige
Personen freuen sich im Stillen über diesen unerwarteten
Besuch, der den Schwätzer Monfignon verhindern wird,
die Geschichte Tartenpomme's weiter zu erzählen.

Aber zum größten Erstaunen aller Anwesenden erblickt
man, statt einer Notabilität des Städtchens, nur Jungfer
Kunigunde, die Köchin Grospré's. Sie bleibt auf der Thür=
schwelle stehen und beginnt, ohne ein Wort zu sagen, die
bei ihrer Herrschaft versammelte Gesellschaft zu mustern.

Und Jungfer Kunigunde hatte eben jetzt ein Gesicht
und einen Kopfputz, welche ihre Erscheinung noch pikanter
machten. Die Köchin war eine große Person von fünfund=
vierzig Jahren, mit einem breiten Gesicht, vollen, gemei=
niglich violetten Wangen, plattgedrückter Nase, kleinen,

lebhaften Augen, großem Munde, dicken, zusammengezo=
genen Brauen und einem Schnurrbart, einem wirklichen
Schnurrbart, der einem Tambour der Nationalgarde Ehre
gemacht haben würde.

Sie hielt sich für schön und trug fast nie Hauben,
sondern pflegte sich, wie die Creolinnen, ein seidenes, hell=
farbiges Tuch um den Kopf zu winden und aus den Zipfeln
eine Schleife auf der Stirn zu knüpfen.

Aber Jungfer Kunigunde war, wie die meister Kö=
chinnen, eine zärtliche Freundin des Saftes der Trauben.
Sie aß natürlich, wenn ihre Herrschaft gespeist hatte, und
dann sprach sie, da man ihrer Dienste nur höchst selten
noch bedurfte, der Flasche tüchtig zu. Heute hatte man
bei Tische Madeira und Champagner getrunken. Es waren
Ueberreste in den Flaschen geblieben und Jungfer Kuni=
gunde hatte sich dieselben sofort zugeeignet, ohne François,
den Kammerdiener, Zimmerputzer und Groom des vor=
maligen Bauunternehmers, dabei zu berücksichtigen.

François, der ebenfalls gern Wein trank, hatte mit
der Köchin oft Streitigkeiten wegen der vom Tische kom=
menden Ueberreste feiner Weine. Er behauptete mit Recht,
sie müsse wenigstens mit ihm theilen und nicht Alles allein
austrinken. Kunigunde aber behielt Alles für sich und ant=
wortete ihm:

»Ich finde es sonderbar, daß Sie verlangen, was in
den versiegelten Flaschen übrigbleibt! Sie gehen ja in den
Keller; lassen Sie etwa die Weinflaschen ruhig liegen?«

»Ja, es ist wahr,« pflegte dann der alte Groom zu
antworten; »ich gehe in den Keller, aber ich habe die
Schlüssel nicht in Verwahrung; Herr Grospré gibt sie

mir, wenn ich hinuntergehen soll, und sagt zu mir: Eine
Flasche Bordeaux und eine Flasche Champagner . . . oder
sonst eine Weinsorte. Aber wenn ich wieder aus dem Keller komme, so sieht er zu, ob in einem Korbe nicht mehr
ist, als was er verlangt hat; wenn eine Flasche mehr
darin wäre, würde er's sogleich bemerken, und ich muß ihm
die Kellerschlüssel zurückgeben. Sie sehen also, daß ich
keine feinen Weine zu meiner Verfügung habe, wie Sie zu
glauben scheinen.«

»Sie wollen mir etwas aufbinden!« erwiedert Kunigunde; »Sie gehen immer allein in den Keller, und ich
soll Ihnen auf's Wort glauben, daß Sie nicht nehmen,
was Ihnen gefällt? Sie verstecken die Flaschen in einem
Winkel, Sie sind nicht so dumm, sie in den Korb zu stellen. Herr Grospré sieht nur was er haben will; Sie aber
wissen die versteckten Flaschen schon zu finden.«

»Das ist nicht wahr, das habe ich nie gethan! Ich
bin dessen nicht fähig.«

»Nun, wenn Sie es nicht thun, so sind Sie ein alter
Tropf!«

Diese Wortwechsel arteten zuweilen in ziemlich heftige Zänkereien aus, und da eben heute eine halbe Flasche
Champagner auf dem Tische geblieben war, so hatte François Miene gemacht, sie sich zuzueignen; die Köchin hatte
sie ihm aus der Hand gerissen, und in diesem Kampfe hatte
die Schleife ihres Kopftuchs einen Stoß bekommen; die
beiden Zipfel hatten sich erhoben und bildeten auf Kunigundens Haupt gleichsam zwei Hörner, die jeden Wag-
hals, der ihr nahe käme, zu bedrohen schienen.

Der Anblick der Köchin, die von der Umwandlung

ihrer Rosette keine Ahnung hatte, machte also großes Auf=
sehen in der Gesellschaft, um so mehr, da Kunigunde, ohne
ein Wort zu sprechen, fortwährend ihren gehörnten Kopf
vorstreckte und die im Salon versammelte Gesellschaft
musterte.

XIII.

Eine Reise wegen eines Zahns.

»Was wollen Sie, Kunigunde?« rief ihr Madame
Grospré zu. »Was suchen Sie hier im Salon? Ich habe
Sie ja nicht gerufen. — Und was bedeutet dieser gehörnte
Kopfputz? Wie können Sie sich erkühnen, sich in diesem
Zustande zu zeigen?«

»Wie? Was, Madame? Bin ich denn nicht wie alle
Tage?«

»Ich habe Ihnen hundertmal gesagt, daß Sie Hau=
ben tragen sollen, daß sich diese Tracht nicht mehr schickt.«

»Ich habe mir die Erlaubniß genommen, Ihnen zu
antworten, daß ich in Longjumeau bei einem reichen Herrn,
einem Pflanzer, der mit Negern und Negerinnen aus
Amerika gekommen war, gedient habe, und daß ich mich
dort an Kopftücher gewöhnt habe. In den heißen Ländern,
wo es viel reichere Käuze gibt, als hier, nimmt man's
nicht übel, wenn sich die weiße oder schwarze Dienerschaft
so trägt und es ist doch weit hübscher, als Ihre Fetzen
von Hauben, die ein Gesicht um fünfzehn Jahre älter
machen.«

»Genug, Kunigunde, genug! Ich will das Kopftuch erlauben, aber wenigstens machen Sie sich keine so hoch aufgerichteten Hörner.«

»Was? Hörner!«

Die Köchin greift sich an den Kopf und fühlt die Umwandlung ihrer Tuchschleife.

»Der alte versoffene François wird mich so zugerichtet haben,« eifert sie. »Er soll mir dafür büßen, der alte Lump!«

»Was, Kunigunde, Sie lassen sich von François'zerzausen?« sagt Dupétral lachend.

»Mein lieber Herr, Sie müssen nicht glauben, daß ich mit ihm geschäckert. Gerechter Himmel! Ich sollte mit einem Menschen wie François schäckern! Ich würde lieber alle meine Saucen anbrennen lassen!«

»Genug, Kunigunde! Antworten Sie mir. Was wollen Sie hier? Sie scheinen Jemand zu suchen —«

»Nun ja, Madame, ich suche Jemand, aber er ist nicht da; ich sehe sehr gut, daß er nicht da ist. Ich dachte es wohl, aber der närrische François behauptete, er sei da — und ich mochte immerhin versichern, er sei nicht da, es half nichts. Er ließ keine Ruhe, und so bin ich heraufgekommen, um nachzusehen.«

»Wen suchen Sie denn?«

»Den Doctor Mordicus.«

»Der Doctor Mordicus ist allerdings nicht hier.«

»Und er wird auch gewiß diesen Abend nicht kommen,« sagt Postulant; »denn er ist diesen Morgen nach Paris gereist; man hat ihn zu einer Entbindung dorthin berufen.«

»Wie, man holt von hier einen Geburtshelfer nach

Paris,« sagte Breillet erstaunt. »Wahrhaftig, das finde ich höchst sonderbar.«

»Warum denn?«

»Weil man in Paris die geschicktesten und in dieser großen Operation die erfahrensten Aerzte hat.«

»Was beweist das? Es gibt Damen, welche einmal die Hilfe irgend einer Person in Anspruch genommen haben und mit ihr zufrieden gewesen sind, und nun mit anderen nichts zu thun haben wollen, wenn sie wieder in die gleiche Lage kommen. Das Leben hängt oft an dem Erscheinen des gewünschten Arztes. — Es ist wie mit den Zahnärzten; man gibt jenem den Vorzug, der einst einen Zahn fast schmerzlos ausgezogen hat, man will mit keinem anderen zu thun haben. Ich habe eine sehr gebildete, ziemlich hübsche Dame gekannt, die leider schlechte Zähne hatte und an furchtbaren Schmerzen litt. Man hat zuweilen schlechte Zähne, die nicht weh thun, aber diese Dame hatte heftige Zahnschmerzen. Man sagte zu ihr: Lassen Sie sich doch den schmerzenden Zahn ausziehen. Aber sie mochte sich nicht dazu entschließen, sie fürchtete sich vor der Operation. Es gibt viele Leute, die nicht den Muth haben, sich einen Zahn ausziehen zu lassen. Endlich bekam ihr Mann — die Dame war nämlich verheiratet — einen guten Einfall. Es that ihm leid, daß seine Frau immer von Schmerzen gefoltert wurde. Er wußte recht gut, welcher Zahn ihr wehthat. Er geht zu einem Zahnarzt und sagt zu ihm: »Wäre es Ihnen nicht möglich, meiner Frau im Schlafe einen Zahn auszuziehen?« — »O ja, sie muß mit Chloroform eingeschläfert werden.« — »Nein, mit Chloroform dürfen Sie mir nicht kommen; ich habe kein Vertrauen dazu, es hat oft höchst gefährliche

Folgen. Ich meine einen natürlichen Schlaf und es wird Ihnen gut zu Statten kommen, daß meine Frau immer mit offenem Munde schläft.« — »Nun gut,« erwiedert der Zahnarzt, »wenn sie mit offenem Munde schläft, so geht es ganz leicht, ich ziehe ihr aus, was Sie wollen.«

»Es wird eine Stunde für den zahnärztlichen Besuch bestimmt. Die Dame pflegte Morgens ziemlich lange zu schlafen. Der Gemal führt den Zahnarzt frühzeitig in ihr Zimmer, zeigt ihm seine theure Ehehälfte, die mit weit offenem Munde schläft und eine Reihe sehr schadhafter Zähne zeigt. Der Zahnarzt untersucht das Gebiß und sagt: »Ein entsetzlicher Mund! Sie haben eine Gemalin, die Ihre Gesundheit verderben muß.« — »Ich bin daran gewöhnt; es ist freilich wahr, daß meine Frau mich vergiftet.« — »Warten Sie nur, dem ist leicht abzuhelfen.«

»Der Operateur nimmt seine Zange und zieht einen Zahn so geschickt aus, daß sich die Schläferin nur ein bißchen dreht. Der Gemal ist hoch erfreut; der Zahnarzt sagt zu ihm: »Lassen Sie mich so fortfahren; in einigen Zügen werde ich alle Zähne eben so schmerzlos entfernen wie diesen.« Der Gemal willigt ein.

»Man zieht einen zweiten Zahn aus; die Dame hustet nur ein bißchen. Beim dritten Zahn niest sie; beim vierten endlich erwacht sie. Der Gemal zeigt ihr nun die vier Zähne, die man ihr eben ausgezogen hat, und sagt zu ihr: »Freue Dich, liebes Kind; Du wirst keine Zahnschmerzen mehr haben, Du wirst Dich unendlich wohl fühlen.«

»Als die Dame bemerkt, daß sie vier Zähne weniger im Munde hat, gibt sie vor Allem ihrem Gemal eine Ohrfeige. — »Es ist abscheulich!« ruft sie erzürnt; »ich bin

entstellt! Ich kann nicht mehr wagen, den Mund aufzu-
thun, ich darf nicht mehr lachen, ja nicht einmal mehr lächeln. Man wird mich um zehn Jahre älter finden!«

»Sie irren sich, Madame,« entgegnet der Zahnarzt;
»Sie sehen jetzt viel besser aus als vorher; Sie werden
keine Schmerzen mehr haben und sich nicht mehr unwohl
fühlen. Sie sollten Ihrem Herrn Gemal danken, statt ihm
Vorwürfe zu machen; denn glauben Sie nur, daß ein übel-
riechender Mund nie gefallen kann.«

»Die Dame gab sich zufrieden; dann freute sie sich,
keine Schmerzen mehr zu fühlen und war des Lobes voll
über die Geschicklichkeit des Zahnarztes, der ihr drei Zähne
im Schlaf ausgezogen und sie erst beim vierten aufgeweckt
hatte. Sie nahm sich vor, bei künftigen Zahnschmerzen nie
einen andern Arzt rufen zu lassen.

»Aber zehn Jahre verflossen, ohne daß sie neue
Schmerzen fühlte. Sie hatte inzwischen ihren Mann verloren, aber alle ihre anderen Zähne behalten: es war eine
Entschädigung. Eines Morgens jedoch, als sie Zuckerwerk
essen wollte, fühlt sie einen heftigen Schmerz: ein großer
Stockzahn thut ihr weh. Sie geduldet sich einige Zeit,
aber der Schmerz wird immer heftiger. Man sieht wohl,
daß der Zahn hohl ist und daß die Backe anzuschwellen
beginnt.

»Es muß ein Ende gemacht werden!« denkt die Dame;
»ich will meinen wunderbaren Zahnarzt aufsuchen. Es ist
dieses Mal nur ein Zahn auszuziehen; er ist zwar ziemlich
groß, aber der Operateur wird ihn herausnehmen, ohne
daß ich's fühle.«

»Die Dame wohnte auf dem Lande; sie eilt nach

Paris, um ihren Zahnarzt aufzusuchen. Kaum angekommen, begibt sie sich, das Schnupftuch an die Wange haltend, in das Haus, wo er früher gewohnt hatte. Der
Hausmeister sagt zu ihr:

»Madame, der Zahnarzt, den Sie suchen, wohnt
nicht mehr hier; er hat Frankreich verlassen und hat sich
zu Freiburg in der Schweiz niedergelassen; ich glaube, er
hat dort Verwandte. Aber sein Nachfolger ist ein sehr ge-
schickter Mann; alle Personen, die zu ihm kommen, loben
sein Talent und seine Geschicklichkeit. Sie können hinauf-
gehen und Sie werden zufrieden sein.«

»O nein,« erwiedert aber die Dame, »ich will mich
von keinem andern Zahnarzt behandeln lassen, als von
dem, der mich einst von meinen Schmerzen befreit hat. Er
allein wird mir meinen Zahn schmerzlos ausziehen. Sie
sagen, er wohne jetzt zu Freiburg in der Schweiz? Ich
reise dorthin. Man macht ja oft Vergnügungsreisen; ich
kann also wohl eine Reise machen, um mich von meinen
Schmerzen zu befreien.«

»Die Dame begibt sich sofort wieder nach Hause, sie
macht ihre Vorbereitungen und reist, immer das Schnupftuch auf die Wange haltend, nach der Schweiz ab.

»In Freiburg kehrt die Dame in dem besten Gast-
hofe ein und fragt nach der Wohnung des Zahnarztes,
dessen Namen sie nennt. Aber der Wirth antwortet ihr:
»Ich kenne keinen Zahnarzt dieses Namens. Uebrigens
können Sie ganz ruhig sein, Madame, wir haben hier
äußerst geschickte Zahnärzte, die Ihnen einen Zahn ausziehen, ehe Sie Zeit haben, den Mund aufzumachen. Sie

dürfen kein Bedenken tragen, ihnen Ihre Kinnlade anzu=
vertrauen."

»Aber die Dame will nur mit dem ihr bekannten
Zahnarzte zu thun haben. Nach vielen vergeblichen Nach=
forschungen trifft sie endlich eine alte Schweizerin, die zu
ihr sagt:

»Ich weiß, wen Sie meinen. Dieser Zahnarzt war
hier wirklich etablirt, ich bin sogar zu ihm gegangen: er
hat mir zwei falsche Zähne eingesetzt, die ich beim Essen
von Coteletten verschluckt habe; aber es war meine Schuld,
er hatte mich gewarnt. »Madame,« hatte er gesagt, »wenn
man falsche Zähne hat, muß man keine Coteletten damit
verarbeiten; es ist sehr selten, daß sie diese Probe beste=
hen.« Dieser Zahnarzt langweilte sich in der Schweiz; er
fand, daß die Leute hier nicht genug Zahnschmerzen haben,
und er ist nach Neapel gereist, wo er sich etablirt haben
muß.«

»Die Dame dankt der alten Schweizerin, welche sie
auf die Spur des Gesuchten geführt, und reist nach Ita=
lien. Zum Glücke fing die Geschwulst an sich zu vermin=
dern, aber der Stockzahn that ihr noch sehr weh.

»In Neapel angekommen, erkundigt sie sich nach ih=
rem Zahnarzte, und hier geht es ihr nicht wie in der
Schweiz; Jedermann kennt ihn, Jedermann ist seines Lo=
bes voll. Er sei ein Mann, der seines Gleichen nicht habe,
der seinen Patienten nicht den mindesten Schmerz mache; er
besitze sogar die Gabe, bei seinen Operationen einen Lach=
kitzel zu erregen. Er wisse eine Menge lustiger Schnurren
zu erzählen, so daß die Patienten ganz vergessen, weshalb
sie gekommen. Während man laut lachend den Mund auf=

sperrt, zieht er, ohne daß man es merkt, den kranken
Zahn aus.

»Aber allen diesen Lobeserhebungen fügt man hinzu:
„Schade, daß wir ihn verloren haben!"«

»Mein Gott, er ist doch nicht todt?« erwiedert die
Dame erschrocken. — »Nein, todt ist er nicht, aber er hat
uns vor sechs Monaten verlassen; das italienische Klima
war ihm zu heiß und sagte ihm nicht zu. Und überdies
mochte er weder Maccaroni, noch Ravioli, noch Parme=
sankäse essen. Er ist sehr ungern von hier fortgegangen,
aber er hat sich doch dazu entschlossen.« — »Ich habe wirk=
lich Unglück!« sagt die Dame. »Diesen unvergleichlichen Mann
immer zu verfehlen, nachdem ich ihm so lange nachlaufe!
Aber wo ist er jetzt? Er hat doch gesagt, wohin er reisen
wollte?« — »O ja, er ist nach England gegangen, um sich
in London zu etabliren; denn in diesem Nebellande, wo es
viel regnet und immer feucht ist, müssen die Leute viel
Zahnweh haben. Dies hat er eingesehen, es konnte ihm
nicht fehlen, in England glänzende Geschäfte zu machen.
Ueberdies scheint er für Rostbeef und Plumpudding zu
schwärmen, und dies wird auch zur Ausführung seines
Entschlusses beigetragen haben.

»Ich gehe nach England!« sagt die arme Dame mit
der verbundenen Kinnlade. Und sie besteigt ein Schiff, das
eben nach Southampton abfährt. Aber die Ueberfahrt ist
nicht glücklich; ein Ungewitter, ein Sturm überfällt das
Schiff, das die Dame und ihren Stockzahn trug; es ist
oft in Gefahr unterzugehen und unsere Reisende jammert:
»Soll ich denn zu Grunde gehen, ohne meines Zahnes
entledigt zu sein!«

»Endlich heitert sich das Wetter wieder auf, die Ge=
fahr geht glücklich vorüber und man landet in Southamp=
ton. Die Dame hatte auf der Seefahrt einen starken Schnu=
pfen bekommen, der in einen furchtbaren Stickhusten aus=
geartet war.

»Von Southampton nach London ist nur eine kurze
Fahrt. Die Dame eilt in die Hauptstadt Englands. Sie
kommt entsetzlich hustend an, aber sie ist doch da, und als
sie sich nach ihrem Zahnarzte erkundigt, gibt man ihr so=
gleich seine Adresse.

»Sie dankt dem Himmel; sie ist endlich am Ziele ih=
rer Leiden und Irrfahrten. Sie nimmt einen Cab, und
fährt vor das ihr bezeichnete Haus. Sie sieht seinen Na=
men in großen Buchstaben an der Thür. Man denke sich
ihre Freude! Sie bezahlt den Kutscher reichlich, steigt aus
dem Cab, tritt in das Haus und öffnet die Thür eines
schönen Vorzimmers. Aber hier wird sie von einem hefti=
gen Krampfhusten befallen, und in diesem mit den gewal=
tigsten Erschütterungen ihrer ganzen Person verbundenen
Paroxismus — speit sie den Zahn aus, den sie sich aus=
ziehen lassen wollte.

»Dieses Resultat hatten die Reisen der Dame. Es
möge Ihnen beweisen, daß man den Doctor Mordicus
wohl nach Paris rufen kann; hat die Dame doch, um ihren
Zahnarzt aufzufinden, so weite Reisen gemacht.«

»Der tausend!« sagt Dupétral, »ich glaubte, es
solle ein Seitenstück zu der Geschichte Tartenpomme's
werden.«

XIV.

Postulant opfert sich anf.

Während Postulant die Geschichte der Dame mit dem kranken Stockzahne erzählte, schaute Monsignon beständig an den Plafond und drehte die Daumen um einander. Jungfer Kunigunde, die an der Salonthür stehen blieb, brachte unterdessen die Schleife ihres Kopftuches wieder in eine anständige Verfassung. Sie zeigt dabei so große Geschicklichkeit, daß Madame Rifflard aufsteht, zu Kunigunde eilt und zu ihr sagt:

»Es ist erstaunlich, wie hübsch sie die Schleife knüpft: Kunigunde, von wem haben Sie denn gelernt, diese allerliebste Rosette so gut und so schnell zu machen?«

»Madame, ich habe es den Negerinnen abgesehen, die bei meinem vormaligen Herrn, dem Pflanzer, dienten. Diese Mohrinnen haben darin außerordentlich viel Geschick und Geschmack. Nun, Sie müssen doch etwas haben zur Entschädigung für ihre schwarze Haut.«

»Kunigunde, ich möchte die Rosette machen lernen.«

»Ich stehe zu Diensten, Madame.«

»Aber Sie haben mir nicht gesagt, Kunigunde,« versetzt Madame Grospré, »wer den Arzt verlangt. Soll er auch zu einer Wöchnerin kommen?«

»Ich glaube nicht, Madame; ich weiß es nicht. Aber es gibt noch andere Aerzte in der Stadt, ich will zu Herrn

Fouillelard schicken. Er hat wohl das Pulver nicht erfun=
den, denn er läßt alle seine Kranken sterben; aber im
Grunde ist es sein Geschäft.«

»Die Person, welche gekommen ist, wartet also
noch?«

»Ja, Madame, sie wartet unten.«

»Aber wer schickt denn? Sie haben es nicht gesagt.«

»Wer? ... Ich weiß wahrhaftig nicht, ob ich ge=
fragt habe. — Ja doch, jetzt erinnere ich mich ... er
sollte in das Spinathaus, zu Herrn Martin kommen.«

Als dieser Name genannt wird, spitzen alle Anwe=
senden die Ohren; lebhafte Neugierde ist auf allen Gesich=
tern zu lesen; man nähert sich Kunigunden, die Gespräche
werden abgebrochen, und sogar Monsignon stellt das Pri=
vatvergnügen des Daumendrehens ein, obschon er sonst,
wenn er nicht spricht, nie darauf zu verzichten pflegt.

»Wie! Von Herrn Martin schickt man?« erwiedert
Madame Grospré. »Von diesem Bären, diesem unge=
schliffenen, räthselhaften Fremden kommt die Störung!
Warum sagten Sie das nicht gleich, Kunigunde?«

»Ich dachte nicht daran, und ich wußte auch nicht,
daß es Madame interessirt.«

»Es interessirt uns Alle!« versichert Madame Riff=
lard; »denn es kann uns auf die Spur bringen und uns
über diesen Mann einige Aufklärung geben. Meinen Sie
das nicht auch, Monsignon?«

»Allerdings; ich finde sogar, daß man die Kugel im
Fluge auffangen muß,« antwortet der Poet. »Es wird
mich vielleicht verhindern, diesen Abend die Geschichte
Tartenpomme's zu beendigen, aber wir haben immer noch

Zeit, den abgerissenen Faden wieder anzuknüpfen . . . da-
gegen haben wir nicht immer Gelegenheit, über diesen
Martin Näheres zu erfahren.«

»Vor Allem,« sagt Postulant, »müssen wir wissen,
wen er geschickt hat, wer unten wartet.«

»Ja, ja, das ist richtig. — Kunigunde, wer hat nach
dem Doctor Mordicus gefragt?«

»Ein blutjunger Mensch von vierzehn bis fünfzehn
Jahren . . . eine Art Straßenjunge . . .«

»Aha! ich habe den Rangen schon bemerkt,« setzt Monsignon hinzu; »er sieht sehr keck aus.«

»O nein,« erwiedert die Köchin; »er hat sich im
Gegentheil sehr artig benommen. Er ist recht hübsch von
Gesicht . . . und, Augen hat er, dreimal größer als die
meinigen.«

Diese Bemerkung Kunigundens scheint die Neugierde
der Damen in hohem Grade zu reizen.

»Der hübsche Junge soll heraufkommen!« rufen
mehrere weibliche Stimmen; »wir wollen ihn ausfragen.«

»Ja, er soll erzählen. In seinem Alter ist man sehr
redselig, man sagt gern Alles was man weiß.«

»Wir wollen ihm seine Geheimnisse abzapfen,« setzt
der Apotheker hinzu.

»Er soll uns sagen, was er über seinen Herrn weiß.
Wir werden von ihm erfahren, wer der räthselhafte Martin ist.«

»Ich werde ihn schon ausfragen, ohne daß er die
Absicht merkt,« sagt Monsignon. »Madame Grospré,
lassen Sie den unten wartenden Boten heraufkommen.«

»Hören Sie wohl, Kunigunde? Bringen Sie uns den jungen Menschen.«

»Und wenn er nicht heraufkommen will?«

»Warum sollte er nicht? Sie dürfen ihm nicht sagen, daß der Doctor Mordicus nicht hier ist; Sie sagen ihm nur: Man ersucht Sie hinaufzugehen.«

Jungfer Kunigunde entfernt sich, nachdem sie ihre Rosette noch einmal betastet hat, um sich zu überzeugen, daß sie keine Hörner mehr hat. Alle Anwesenden treten näher, mit Ausnahme der Piquetspieler und der Madame Valbrun, welche nicht die Absicht hat, an dem Verhör, welches der Bote Martin's bestehen soll, theilzunehmen.

Bald thut sich die Salonthür wieder auf und der Jüngling erscheint. Sein Gesicht ist fein und geistvoll, seine Augen, sein Lächeln, seine ganze Miene hat jenen schalk= haften Ausdruck, der in diesem Alter gefällt, zumal wenn jener gemeine Anstrich dazukommt, der den Männer sein wollenden Knaben eigen zu sein pflegt.

Er trägt eine sehr saubere Blouse; er hält eine Mütze von blauem Tuch in der Hand und begrüßt die Gesellschaft recht artig mit den Worten:

»Entschuldigen Sie, ist der Doctor Mordicus hier?«

»Treten Sie doch näher, junger Herr! Bleiben Sie doch nicht so an der Thür stehen,« sagt Madame Grospré.

»Er ist sehr hübsch,« sagt Mignonnette leise.

»Er hat wirklich schöne Augen!« setzt Madame Breuillet hinzu.

»Ei! Ein Limonadenjunge!« ruft Madame de Beau= rivage.

»Der Doctor ist nicht hier,« sagt Madame Grospré.

„Dann bitte ich um Entschuldigung . . .“

„Warten Sie doch! Es gibt noch andere Aerzte in der Stadt . . .“

„Ja,“ setzt Monsignon hinzu. „Aber vor Allem ist zu ermitteln, wer krank ist, an welcher Krankheit man leidet, ob man schon lange damit behaftet ist . . . kurz, wer die leidende Person ist. Sie kommen von Herrn Martin, ist er selbst bettlägerig?“

Während das Männlein spricht, hat ihn der junge Mensch aufmerksam beobachtet; er preßt die Lippen zusammen, seine Augen nehmen einen schalkhaften Ausdruck an und als Monsignon schweigt, bricht er in ein lautes Gelächter aus, zum größten Mißfallen des Poeten, der ernst hinzufügt:

„Worüber lachen Sie, junger Gelbschnabel?“

„Ueber Sie, mein Herr.“

„Ueber mich? Womit habe ich denn Ihre Heiterkeit erregt?“

„Weil ich Sie wieder erkenne.“

„Sie erkennen mich? Wo haben Sie denn das Vergnügen gehabt mich zu sehen?“

„Ich habe das Vergnügen gehabt, Sie dicht an der Wand unseres Hauses zu sehen und den Inhalt eines Waschbeckens auf Ihren Kopf zu schütten, und Sie hatten das Vergnügen, gewaschen zu werden.“

Der spöttische Ton, mit welchem diese Antwort gegeben wird und die Miene, welche Monsignon macht, belustigen die Gesellschaft ungemein. Der Apotheker bricht sogar in ein höchst unziemliches Gelächter aus.

»Der Junge ist ein kleiner Schlingel!« stammelt Mon=
fignon in seinem Aerger. »Ich sagte es ja, es ist ein Range!«

»Wie gesagt,« erwiedert die Witwe Rifflard, »es
gibt in der Stadt geschickte Männer, die Herrn Mordicus
ersetzen können. Ist Herr Martin der Patient?«

»Nein, Madame.«

»Dann ist's Jemand in seinem Hause?«

»Ja, Madame.«

»Sind Sie schon lange bei Herrn Martin?«

»Ja, Madame.«

»Sie sind wohl sein kleiner Jockey?«

Der Jüngling schweigt einige Augenblicke, dann ant=
wortet er:

»Ich bin sein Cassirer.«

»Sein Cassirer!«

Und alle Anwesenden sehen einander höchst erstaunt an.

»Sein Cassirer!« sagt Liroquet. »Dann muß der Herr
doch eine Casse haben. Was treibt er denn? Ist er Ban=
quier, Kaufmann, Geschäftsagent? Kurz, was macht er?«

»Er thut, was ihm Vergnügen macht.«

»Das ist kein Geschäft, kein Beruf. — Ihr Herr
Martin ist also reich?«

»Das weiß nicht, mein Herr, ich habe ihn nie darum
gefragt.«

Der schalkhafte Ton, mit welchem der Jüngling ant=
wortet, gibt der Gesellschaft deutlich zu verstehen, daß man
ihm die gehoffte Auskunft nicht entlocken wird. Plötzlich
steht Postulant auf, als ob ihm ein lichtvoller Gedanke
gekommen wäre, und sagt, auf den jungen Gast zutretend:

»Mein kleiner Freund, ich bin Apotheker und, wie

ich mir schmeichle, vortheilhaft bekannt in dieser Stadt. Ich
habe ein Elixir erfunden, welches Wunder wirkt; es ist für
beinahe alle Krankheiten gut; es hat sogar Personen cu=
rirt, die von den Aerzten aufgegeben worden waren. Alle
Leute können Ihnen sagen, daß ich mich nicht rühme. Ueber=
dies weiß man, daß im Allgemeinen die Apotheker genö=
thigt sind, auch in das ärztliche Fach etwas überzugreifen,
denn täglich kommen unpäßliche Personen, sie in Rath zu
nehmen und ihren Fall vorzutragen. Alles dies zeigt, daß
ich nöthigenfalls einen Doctor ersetzen kann. Und da Herr
Mordicus nicht hier ist, da er sich nicht einmal in der Stadt
befindet — er ist nach Paris zu einer Wöchnerin gerufen
worden — so biete ich Ihnen meine Dienste an und bin
bereit, Sie zu Herrn Martin zu begleiten, um der kranken
Person meine Sorge zu widmen.«

Der junge Mensch scheint nachzusinnen, ein schalkhaftes
Lächeln schwebt über seine Lippen; endlich antwortet er:

»Gut, mein Herr, wenn Sie die Gefälligkeit haben
wollen, so kommen Sie mit mir; Sie werden sehen, ob
Sie unsern Kranken curiren können.«

Postulant wirft einen triumphirenden Blick auf die
Gesellschaft; er knöpft seinen Ueberrock zu, sucht seinen
Hut und betastet seine Tasche.

»Ich habe nicht eine einzige Flasche von meinem
Elixir bei mir, und vielleicht wird die Anwendung dessel=
ben sehr nothwendig sein. Es würde uns aufhalten, den
Umweg zu meiner Apotheke zu machen. Madame Grospré,
Sie müssen von meinem Elixir zu Hause haben, ich habe
Ihnen erst unlängst eine Flasche gebracht...«

»Ja, ja... ich habe eine kaum angebrochene Flasche.«

»Ich bitte Sie darum, ich werde Ihnen morgen
eine andere geben.«

Die schöne Phöbe holt schnell ihre Flasche Elixir und
gibt sie dem Apotheker. Dieser sagt nun zu dem Jüngling:
»Gehen Sie, junger Herr, ich folge Ihnen.«

Aber in der Salonthür bleibt er stehen und wendet sich zu der Gesellschaft zurück:

»Ich glaube, daß ich recht schlau zu Werke gehe!
Ich werde die bei Herrn Martin krank liegende Person
kennen lernen; ich werde die Höhle des Bären betre-
ten, ich werde sehen, ausspüren, beobachten. — Warten
Sie hier Alle meine Rückkehr ab, denn ich werde Ihnen
wahrscheinlich merkwürdige Dinge zu erzählen haben.«

»Ja, ja,« antwortet man von allen Seiten, »wir
wollen Sie erwarten. Wir werden nicht von der Stelle
gehen, bis Sie wieder hier sind, und müßten wir die ganze
Nacht hier bleiben.«

»Gut, es bleibt bei der Abrede.«

Und Postulant eilt hinunter, um den vorausgehenden
jungen Blousenträger einzuholen.

XV.

Wer der Kranke war.

»Wissen Sie wohl,« sagt Madame Postulant, nachdem sich ihr Gemal entfernt hat; »wissen Sie wohl,
daß in der Handlung meines Gatten etwas Heldenmüthi-
ges liegt?«

„Heldenmuth!" antwortet Monsignon, „wie so? Worin soll denn der Heldenmuth bestehen? Es kommt ja täglich vor, daß ein Apotheker in Ermangelung eines Arztes einen Kranken besucht."

„Aber nicht unter gleichen Verhältnissen," entgegnet die Apothekerin. „Erstens ist es Nacht; ferner ist das Spinathaus sehr übel berüchtigt; endlich weiß er nicht, zu wem er geht. — Ich bedauere, daß er seinen Stockdegen nicht mitgenommen hat. Aber man konnte diesen Fall nicht voraussehen."

„Erlauben Sie mir eine Bemerkung, Madame," sagt Clementine lächelnd; „der Knabe, der hier war ... denn er ist fast noch ein Knabe ... sieht gar nicht aus wie ein Räuber, und ich glaube, daß man ohne Besorgniß mit ihm gehen kann."

„Madame, die Missethäter, die ruchlosen Menschen bedienen sich zuweilen junger, arglos aussehender Leute, um die Opfer, auf welche sie es abgesehen, in die Falle zu locken ..."

„Ei, das wäre!" sagt Madame Rifflard; „wenn Herr Postulant ausgeplündert würde ... welch' ein Bild!"

„O, ich fürchte nichts für ihn," sagt Mignonnette; „der Knabe war so hübsch!"

„Sie haben's schon zweimal gesagt," flüstert ihr Dupétral zu, indem er mit dem Fuß an den Stuhl des Fräuleins stößt.

„Herr Postulant wird gewiß nicht lange ausbleiben," sagt Monsignon; „denn ein Apotheker kann berufen werden, mancherlei Dienste bei einem Kranken zu verrichten.

Wenn die Gesellschaft es wünscht, so will ich die Abenteuer Tartenpomme's zu Ende erzählen.

Dieser Vorschlag wird mit einem eben nicht schmeichelhaften Gemurmel aufgenommen, und um dasselbe minder bemerkbar zu machen, erwiedert Madame Grospré rasch:

»Nein, lieber Monsignon; in diesem Augenblicke ist unsere Phantasie anderweit beschäftigt; unsere Neugierde auf einen anderen Gegenstand gerichtet; wir würden Ihnen nicht mit gebührender Aufmerksamkeit zuhören. Sie können ja Tartenpomme's Geschichte in meiner nächsten Abendgesellschaft zu Ende erzählen.«

»In welcher ich dann nicht erscheinen werde,« sagt Dupétral leise.

Eine Viertelstunde verfließt, dann zwanzig, fünfundzwanzig Minuten, und der Apotheker kommt nicht zurück.

»Sie mögen sagen, was Sie wollen, ich bin unruhig,« sagt Madame Postulant, die aufgeregt im Salon auf= und abgeht. »Wenn mein Mann in einer halben Stunde nicht wieder da ist, so suche ich ihn.«

»Wir wollen Sie begleiten, Madame,« sagt Dupétral.

»Ja wohl, wir gehen Alle mit Ihnen,« fügt Monsignon hinzu. »Aber wir nehmen Waffen mit, man kann nicht wissen, was geschieht.«

»Wie viel Zeit braucht man von hier bis zu dem einsamen Landhause?«

»Etwa zehn Minuten.«

»Und er ist schon länger als eine halbe Stunde fort! Sie sehen, daß er schon wieder da sein sollte.«

Fünf Minuten verstreichen noch. Endlich thut sich die Salonthür rasch auf und Postulant erscheint.

»Gerettet! er ist gerettet!« ruft seine Frau.

»Gott sei Dank!« setzt Dupétral hinzu; »man darf die in jedem Drama vorkommenden Stoßseufzer nicht vergessen.«

»Nun, was haben Sie zu erzählen? — Was haben Sie gesehen? — Was ist's mit dem Kranken?«

Mit diesen Fragen wird der verdrießlich und mürrisch aussehende Apotheker von allen Seiten bestürmt. Er tritt mitten in den Kreis und sagt nach einigem Zögern:

»Der Patient war — der Esel, und ich habe nur den Stall gesehen! — Sie können sich denken, daß ich fortging, ohne mehr zu fragen. Madame Grospré, hier ist Ihr Elixir; ich habe keinen Gebrauch davon gemacht.«

Die ganze Gesellschaft ist verblüfft. Einige Personen jedoch lachen sich in's Fäustchen und zu diesen gehört Monsignon; er freut sich des Mißgeschickes, das dem Apotheker widerfahren ist.

»Allem Anschein nach,« sagt Madame Valbrun zu ihrer Cousine, »werden Sie sich an Herrn Frémont wenden müssen, um etwas über Herrn Martin zu erfahren.«

»Nein, Cousine; ich habe Ihnen schon gesagt, daß man nicht glauben kann, was dieser Frémont sagt. Als man ihn fragte, wer der Herr sei, für den er das Landhaus gemiethet, antwortete er dem Einen: »Er ist ein vornehmer Herr, der sich versteckt;« — einem Anderen: »Er hat seine Gründe, die Einsamkeit zu suchen;« — einem Dritten: »Es ist ein Geheimniß, das ich Ihnen nicht enthüllen kann.«

»Mir,« fügt Liroquet hinzu, »antwortete er in einem sonderbaren Tone: »Suchen Sie es zu errathen!«

»Und mir,« sagt der Apotheker, »antwortete er mit

einem schlechten Witz. Er sagte: „Sie werden es hinten=
nach erfahren."

„O, ich hab's pfiffiger gemacht!" sagt Monsignon,
sich das Kinn streichelnd; „ich ging schnurstracks zu Fré=
mont und sagte zu ihm: „Ihr Freund im Spinathause
trägt einen sonderbaren Anzug; woher kommt er denn mit
seinem Bandoleroshut?" Frémont, so unerwartet in die
Enge getrieben, kratzte sich am Ohr und antwortete mir:
„Das hat man nicht erfahren können."

„Sie sehen, schöne Cousine, daß uns die Antworten
Frémont's nicht auf die Spur gebracht haben. Aber auf un=
seren Spaziergängen in der Nähe des Landhauses haben
wir den Räthselhaften gesehen. Er ist ein fürchterlicher
Mensch!"

„Ist er so häßlich?"

„Das wohl nicht; aber sein ganzes Aussehen ist ab=
schreckend. Er ist ein ungehobelter Bär, der den Kopf ab=
wendet, wenn er an einer Dame vorübergeht, um nicht den
Hut abnehmen zu müssen."

„Ich fürchte mich vor ihm." sagt die junge Madame
Breuillet. „Ich hatte eben „die Mohikaner von Paris" von
Alexander Dumas gelesen und ich dachte: „Das muß einer
davon sein!"

„Eines kann ich nicht begreifen," versetzt Sautrond,
„nämlich seine trichterförmigen, großcarrirten Beinkleider.
Das kleidet sehr schlecht. Aber einen Hut, wie er trägt,
würde ich mir sogleich anschaffen, wenn er in die Mode
käme. Man sieht unternehmender darin aus, als in unseren
Hüten."

»O, sagen Sie das nicht, Herr Sautrond. »Es ist ein abscheulicher Hut, der das ganze Gesicht verbirgt.«

»Ich würde ihn nicht so tief in die Augen drücken, wie dieser Herr.«

»Ist Ihr Herr Martin jung oder alt?« fragt Madame Valbrun.

»Das ist schwer zu sagen.«

»Ich halte ihn für alt.«

»Ich halte ihn für jung.«

»Mir scheint er in mittleren Jahren zu sein.«

»Sie sagen, daß er die Menschen fliehe; aber Herr Monsignon hat uns gesagt, man sehe viele Leute zu ihm gehen und nicht wieder aus dem Hause kommen.«

»Das ist richtig; aber wir meinen, daß er unsere Gesellschaft, unseren Umgang meidet. Die zu ihm gehenden Personen, die wahrscheinlich aus Paris sind, haben ein gar sonderbares Aussehen.«

»Ich sah eines Tags einen vierzehn- bis fünfzehnjährigen Knaben, der eine Blouse trug, zu ihm gehen.«

»Es ist der Kleine, der vorhin hier war.«

»Nein, es war ein Anderer.«

»Also ein kleiner Range?«

»Ich will nicht behaupten, daß es ein Range war, aber er benahm sich recht gemein. Er aß auf der Straße Kirschen und warf die Kerne umher. Als er sah, daß ich stillstand, um ihn eintreten zu sehen, streckte er die Zunge aus und warf nach mir mit einem Kirschkern, der mich zum Glück nicht traf.«

»Mein Gott! was für Menschen gehen bei ihm aus und ein!«

»Ich habe eine recht hübsche Dame gesehen, die eine große lederne Tasche trug. Die Tasche war verschlossen und schien viele Sachen zu enthalten. Ich dachte: Die Dame kommt von der Eisenbahn; zu wem sie wohl geht? — Sie war recht gut gekleidet. Ich ging ihr nach, und als ich ihr schon ganz nahe war und ihr meine Dienste anbieten wollte, wie jeder feine, artige Mann thun muß, der eine Fremde ankommen sieht . . .«

»Ja, ja, Herr Liroquet, man weiß, daß Sie ein großer Freund des schönen Geschlechtes sind. Und was weiter?«

»Da hörte ich, daß sie sang, und was? . . . das Mirlitonlied!«

»O, entsetzlich!«

»Ich gestehe, daß es mich abschreckte. Ich ging langsamer und blieb zurück. Bald ging die Dame . . .«

»In das Spinathaus?«

»Nein, zu Herrn Frémont! aber sie kam bald mit ihm wieder heraus, und beide begaben sich zu dem Bären.«

»Ein Frauenzimmer, das dieses Lied singt! Wer mochte das sein?«

»In Paris singt es Jedermann,« sagt Dupétral.

»Was sagen Sie da, junger Mann! Sie werden uns doch nicht aufbinden, daß in Paris ein anständiges Frauenzimmer auf der Straße singe. Ich bleibe bei meiner Behauptung: dieser Mann geht mit sehr unanständigen, ja verdächtigen Leuten um.«

»Und der Esel!« fügt Monsignon mit Nachdruck hinzu. »Der Esel, auf welchem er diesen Morgen nach Hause kam! Was mag er mit dem Thiere machen?«

„Wahrscheinlich will er ein Pferd daraus machen."

„Ein prächtiges Thier ist's, das ist wahr, es ist bei= nahe ein Maulthier. Es muß ein arabischer Esel sein."

„Gibt's denn arabische Esel?"

„Warum nicht? Es gibt ja berühmte Pferde in Arabien. Herr Postulant hat ihn gesehen, er kann uns sagen wie er aussieht."

„Ich? Nein, ich habe ihn gar nicht angesehen. Ich lief sogleich wieder fort."

„Es hat also Niemand von Ihnen mit Herrn Mar= tin gesprochen," erwiedert die junge Witwe lächelnd; „Nie= mand weiß also, wie er sich ausdrückt. Sie urtheilen nur nach dem Schein."

„Aber mich dünkt doch, liebe Cousine, daß man sich wohl ein Urtheil erlauben darf, wenn der Schein so sehr gegen Jemand ist."

„Ueberdies, schöne Dame," versetzt der Poet, der sich alle Mühe gibt, zugleich geistreich und anmuthig zu scheinen, „wie kann man mit dem Herrn sprechen? Er wendet sich ja ab, wenn man ihn ansieht, oder er geht schneller, damit man ihn nicht einhole."

„Ich glaube, daß er eine falsche Nase hat!" fügt Mignonnette hinzu; „man pflegt solche Nasen im Carneval vorzubinden, wenn man sich verkleidet."

„O, das wäre zu arg," erwiedert Madame Rifflard; „in unserer Stadt mit einer falschen Nase herumzugehen! Es gibt hier gar nichts Falsches . . ."

„Ausgenommen die Haare, die Zähne und unter= schiedliche Wattirungen!" sagt Dupétral leise zu Sautrond, der in seiner Zerstreuung erwiedert: »Man wird jetzt wieder spitze Schuhe tragen.«

Die Gesellschaft spricht noch eine Zeit lang über den räthselhaften Fremden, der die Hausfreunde Grospré's so angelegentlich beschäftigt, daß sie vergessen, ihre Partie Whist oder Boston zu machen.

Endlich nimmt man Abschied von dem Bauunternehmer und seiner Ehehälfte, aber der hübschen Cousine empfiehlt man sich mit schnippischer Miene, weil sie den jetzt von ihr bewohnten Ort ein Städtchen genannt hat.

XVI.

Nächtliche Schrecken.

Es ist ein Uhr Nachts; die ganze Bewohnerschaft des Städtchens ist im Bett; ich will nicht behaupten, daß Jedermann schlafe, ich habe keine Gelegenheit gehabt es zu sehen. Plötzlich stört ein seltsames Geräusch die gewohnte Ruhe des Orts; wer schläft, erwacht; wer nicht schläft, lauscht.

Da das Geräusch nicht aufhört, sondern immer stärker wird, so reibt man sich die Augen und richtet sich im Bett auf. Andere springen aus dem Bett und eilen ans Fenster, um die Ursache dieses Geräusches, das ihre Ruhe stört, zu ermitteln.

»Grospré, hast Du's gehört?« sagt Phöbe, die es

nicht macht wie ihre Schutzpatronin, *) sondern sich mit ihrem Sonnengott zur Ruhe begibt.

Aber der Sonnengott schlief fest und schien keineswegs geneigt, der Mondgöttin zu antworten. Diese wird ungeduldig und kneift den emeritirten Herkules, der laut grunzt und verdrießlich fragt:

»Nun, was gibt's? Warum kneifst Du mich?«

»Fürchte nichts .. es geschieht nicht in der Absicht, die Du vielleicht vermuthest. Gott behüte! ... Aber hörst Du denn nicht? Es geht etwas Außerordentliches in der Stadt vor. Ich glaube, es wird Generalmarsch geschlagen!«

»Generalmarsch! Wer sollte ihn denn schlagen? Wir haben ja keine Garnison hier.«

»Kann denn der Tambour der Nationalgarde nicht Generalmarsch schlagen?«

»Seine Trommel ist gesprungen, man muß eine andere kaufen.«

»Höre nur ... es kommt näher.«

Der Bauunternehmer aber erhebt sich nicht; er wendet sich um und schläft wieder ein. Madame hingegen springt auf und öffnet rasch das Fenster.

Die Nacht war schön, der Mond, halb von Wolken verborgen, zeigte sich auf Augenblicke, um die gewöhnlich ruhigen Straßen des Städtchens zu beleuchten. Die Luft war lau, man konnte sich daher in dem einfachen Anzuge »einer dem Schlaf entrissenen Schönheit« ohne Gefahr ans Fenster stellen.

---

*) Phöbe, Name der Artemis als Mondgöttin.

Es waren auch viele Personen am Fenster und spra=
chen mit ihren Nachbarn nebenan oder gegenüber.

»Haben Sie's gehört, Nachbarin?« sagt Madame
Rifflard, die dem Hause Grospré gegenüber wohnte und
die schnell eine Jacke angezogen und das Fenster geöffnet
hatte.

»Ei ja, Nachbarin, ich habe Mancherlei gehört; aber
ich weiß nicht was es ist. Ich bin ganz erschrocken.«

»Ich auch. Ich habe beinahe meinen Nachttisch umge=
worfen. Monica, meine Magd, weckte mich aus dem besten
Schlaf mit dem Ruf: »Madame, es ist Lärm auf der
Straße! Man ruft Halt! und dann läuft man.« — Ich
dachte: Bekommen wir etwa wieder eine Revolution? —
Aber wenn man vier Männer gehabt hat, bekommt man
so leicht keinen Schrecken. — Ich zog eine Jacke an und
stand auf. — Schläft denn Herr Grospré?«

»Mein Mann? Ich habe ihn geweckt, aber ich glaube,
daß er wieder eingeschlafen ist. Der Lärm scheint aufge=
hört zu haben . . . aber ich möchte doch wissen, was es
war.«

»Warten Sie . . . hören Sie! Es fängt wieder an.«

»Ach ja! mein Gott, ich höre den Galopp der
Pferde . . .«

»Und Geschrei. Man ruft Ohe! Ohe!«

»Sollten es Kosaken sein?«

»Wir sind ja nicht im Kriege mit Rußland; wo soll=
ten sie denn herkommen?«

»Im Jahre achtzehnhundertfünfzehn sind hier in der
Gegend viele einquartirt gewesen. Könnten nicht einige in
der Nähe versteckt geblieben sein?«

„Dann könnten sie nicht mehr jung sein . . . und
wären minder gefährlich."

„Der Lärm ist jetzt in der nächsten Straße. Ah! da
ist Jemand!"

„Madame, fürchten Sie sich nicht . . . ich bin's,
Monsignon."

Es war wirklich der kleine Mann, der in aller Eile
aufgestanden war, um die Ursache des Lärms zu erfahren,
und nur Beinkleider und einen Paletot angezogen hatte. Um
den Leib hatte er sein Taschentuch gebunden. Er hatte seinen Tschako aufgesetzt, ohne seinen Foulard abzunehmen,
dessen Zipfel auf seine Stirn hingen; dann hatte er sein
Nationalgardegewehr genommen, und in der Hast hatte er
statt des Säbels, den er nicht sogleich finden konnte, die
Feuerzange ergriffen und in den Gürtel gesteckt. Er dachte,
es sei doch eine Feuerwaffe.

In diesem Aufzuge hatte sich unser Poet eilends auf
die Straße begeben. Da kein Pförtner in seinem Hause war,
so hatte er selbst die Hausthür geöffnet; aber in dem
Augenblicke, als er in der Thür erschien, lief ein von drei
Personen verfolgtes Thier im Galopp vorbei. Die Verfolger rufen von Zeit zu Zeit, ihr Gespräch unterbrechend:

„Halt! Anakreon, halt! — Ha, der Schlingel, der
Galgenstrick! — Er hetzt uns vielleicht die ganze Nacht
umher. — Halt! halt! — O, der Lump! Wenn wir ihm
einen Schrecken einjagen könnten!"

Diesen Worten folgte lautes Gelächter und Hände-
klatschen, der ganze Lärm zog sehr schnell vorüber.

Als Monsignon ein galoppirendes Thier und nach-
eilende, schreiende Leute sah, trat er schnell zurück und

schlug die Hausthür wieder zu. Als sich der Lärm entfernt hatte, machte er die Thür wieder auf, trat muthig aus dem Hause und nachdem er sich überzeugt hatte, daß Niemand mehr auf der Straße war, lief er vorwärts und rief:

»Hierher! zu den Waffen! Die Stadt ist voll von berittenen Räubern! Wachet auf, theure Mitbürger, laßt Euch nicht im Schlaf überfallen!«

Und so kam das Männlein unter die Fenster der Huldinnen Grospré und Rifflard.

»Was gibt's denn, lieber Monsignon? Ich bitte Sie um Alles in der Welt, reden Sie, geben Sie uns Aufklärung!« ruft ihm die Witwe Rifflard zu und neigt sich dabei so weit aus dem Fenster, daß ein Theil ihrer Reize aus der Jacke schlüpft und sich auf die Straße stürzen zu wollen scheint.

»Was es gibt, meine Damen? Ich möchte Sie nicht gern erschrecken, aber es ist Gefahr, große Gefahr vorhanden.«

»Ach mein Gott! ich dachte es wohl —«

»Eine berittene Räuberbande galoppirt durch die Stadt, wahrscheinlich in der Absicht, Alles mit Feuer und Schwert zu verwüsten.«

»O Himmel! — Haben Sie die Unholde gesehen?«

»Ja wohl — als ich nämlich die Hausthür aufmachte, brauste die Bande schreiend und brüllend an mir vorüber.«

»Sind's ihrer viele?«

»Ich hatte nicht Zeit, sie zu zählen, sie brausten so schnell vorüber. Aber nach dem Lärm, den sie machten, mußten's wohl zwanzig sein.«

»Wir ſind verloren! — Der brave Herr Monſignon hat ſich auf die Straße getraut. Er hat ſich nicht gefürch=tet, ſein Leben preiszugeben!«

»Ja, aber ich möchte Verſtärkung haben; ich allein kann einer Räuberbande nicht die Spitze bieten. Wecken Sie alſo Herrn Grospré, er iſt handfeſt, er ſtellt ſeinen Mann.«

»O, ich will ihn nicht wieder wecken, er iſt nicht aus-dem Schlafe zu bringen — er grunzt und legt ſich auf die andere Seite. Uebrigens iſt mein Mann nicht mehr ſo handfeſt, wie Sie glauben.«

»Aber,« entgegnete die Witwe Rifflard; »wenn die Räuber willens ſind, uns im Schlafe zu überfallen, warum machen ſie denn dieſen furchtbaren Lärm?«

»Es muß eine abſonderliche Tactik ſein — ſie müſſen ihren Zweck dabei haben — — ha, da kommt Jemand. — Wer da?«

»Was! wer da? Selbſt wer da? — Antwort oder ich gebe Feuer!«

Dieſe Antwort gab Poſtulant. Der Apotheker, im Nachtcamiſol und Mütze, kam aus der Seitenſtraße. Er trug ſchußfertig eine gewaltige Spritze, die er nicht mit Pulver, ſondern mit Leinſamendecoct, mit welchem eine Apotheke für unvorhergeſehene Fälle immer reichlich verſehen iſt, ge=laden hatte.

»Siehe da, Herr Poſtulant!« ſagt das Männlein einigermaßen beruhigt. »Haben Sie die Räuber geſehen?«

»Ich habe Niemand geſehen, aber ich hörte Sie rufen: Hierher, zu den Waffen! Da ſtand ich auf, trotz meiner Frau, die mich nicht fortlaſſen wollte.«

»Und mit diesem Sanitätsinstrument wollten Sie feuern?«

»Nun, ich habe genommen, was eben zur Hand war. Es ist nicht so schwer wie ein Stößel. — Es sind also Räuber in der Stadt? Wo sind sie?«

»Sie galoppiren durch die Straßen —«

»Sie galoppiren! Das ist sehr sonderbar.«

»Wir sollten den Bürgermeister wecken.«

»Der Bürgermeister ist nicht hier; er ist auf drei Tage nach Paris gereist, um auf einem Billard ohne Blusen spielen zu lernen.«

»Aber ich höre gar nichts. Ich glaube, Sie haben von Räubern geträumt, Herr Monsignon.«

»Geträumt! Was fällt Ihnen ein! Fragen Sie nur diese Damen, ob sie nicht den Lärm, den die Spitzbuben machten, gehört haben.«

»Ja, ja!«

»Ach ja, ich habe sehr viel gehört,« bestätigt Phöbe und blickt zum Himmel auf.

In diesem Augenblicke ertönen hastige Fußtritte am Ende der Straße.

Monsignon fällt das Bajonett und der Apotheker hält seine Spritze in Bereitschaft.

XVII.

Neues Mittel gegen Ohnmachten.

„Wer da? — Wer ist da?" rufen die beiden Schild=
wachen fast gleichzeitig. Madame Rifflard, die ihren Ver=
theidigern secundiren will, holt geschwind zwei kupferne
Casserole, schlägt sie wie Becken an einander und accom=
pagnirt diese Musik mit sehr kräftigen Flüchen.

Eine zitternde Stimme antwortet:

„Geben Sie kein Feuer — um des Himmels willen!
— Es ist ein Freund — ich bin's, Liroquet."

„Es ist Liroquet. — Treten Sie vor und stellen Sie
sich in Reihe und Glied."

Der alte Hagestolz hat einen noch seltsameren Anzug
als die beiden Anderen, zu denen er sich gesellt. In seinem
Schrecken über Monsignon's Ruf zu den Waffen hat er
vergessen, seine untere Hälfte mit dem üblichen Kleidungs=
stücke zu versehen; er hat dafür eine Schürze von seiner
Haushälterin vorgebunden und ihre Haube mit breitem
Spitzenbesatz aufgesetzt; über die Schultern hat er einen
Mantel geworfen und in der Eile seinen Stockdegen ge=
nommen, den er wie eine Lanze trägt.

Wie die Haube und die Schürze der Haushälterin in Li=
roquet's Schlafzimmer kamen? Dies ist ein Räthsel, des=
sen Lösung wir nicht unternehmen.

Der alte Hagestolz ist so erschrocken, daß er kaum sprechen kann.

»Meine Herren — meine lieben Freunde — wissen Sie, was für eine Gefahr uns droht?«

»Wir wissen, daß Strolche in unserer Stadt herumgaloppiren, und sie können nur schlechte Absichten haben.«

»Ei, was sehe ich!« sagt der Apotheker. »Herr Liroquet hat sich in ein Frauenzimmer verkleidet.«

»Glauben Sie? — Es ist wohl möglich, daß ich in der Eile und in der Verwirrung das Erste, was zur Hand war, auf den Kopf setzte. — Meine Herren, die Bande ist an meinem Hause vorbeigekommen, und wissen Sie, was sie zurückgelassen haben? — Feuer!«

»Feuer?«

»Ja, ja, Feuer; ich habe es auf der Erde gesehen. Sie wollen die Stadt in Brand stecken, um uns dann in der Verwirrung zu bestehlen.«

»Ach! das wäre ja —«

»Bum! —«

Madame Rifflard schlägt, als sie von Brandstiftung hört, ihre beiden Casserole mit aller Kraft zusammen; es entsteht dadurch ein so dröhnender, weitschallender Klang, daß man die Sturmglocke zu hören glaubt. Madame Grospré stößt einen furchtbaren Schrei aus. Die drei Männer auf der Straße fahren auf, wie von einem elektrischen Schlage getroffen. Monsignon läßt sein Gewehr fallen, Liroquet verliert die Haube seiner Haushälterin und Postulant, der unwillkürlich seine Spritze drückt, sendet auf die zitternde Phöbe einen Strahl Leinsamendecoct.

»Mein Gott! was bedeutet das Getöse schon wieder?« sagt Monsignon, sein Gewehr aufnehmend. „Hat man eine Kanone abgefeuert?«

„Nein, nein! Ich war's mit einem Casserol,« erwie= dert Madame Rifflard. „Ich wollte die Räuber in Schre= cken jagen, wenn sie näher kämen.«

„Es ist eine sehr gute Idee. Sie können damit einen Theil der Stadt wecken. Man glaubt die Sturmglocke zu hören.«

„Und wenn alle Einwohner geweckt sind, werden die Räuber nicht mehr wagen, uns in Brand zu stecken, überall Feuer anzulegen.«

„Feuer!« sagt Madame Grospré, sich betastend. „Ich begreife nicht, wie Sie von Feuer sprechen können — ich bin ganz durchnäßt.«

„Madame Rifflard, noch einige Casserolschläge, dann werden wir gewiß Verstärkung bekommen.«

„Sehr gern, meine Herren. Sie sollen sehen, wie ich pauken kann!«

Der weibliche Blaubart schlägt nun wiederholt die Küchengeräthe an einander; sie schwingt die Lärminstru= mente mit solcher Kraft, daß ein furchtbares Getöse ent= steht. Mehre Einwohner eilen herbei, die Weiber in kur= zen Röcken, die Männer im Nachtcamisol und Unterhosen; aber es ist Sommer, und es ist ein Glück für diese Leute, die sonst einen tüchtigen Schnupfen bekommen würden.

Das Getöse ist so stark, daß auch der vormalige Bauunternehmer erwacht.

„Bringt man uns denn eine Katzenmusik?« ruft er seiner Gattin zu. „Was bedeutet das? Wir sind ja keine Neuvermälten.«

„O gewiß nicht," erwiedert Phöbe; „eine solche Täu=
schung ist nicht möglich."

Monsignon, über das Erscheinen der Einwohner er=
freut, schickt sich bereits an, sie als spanische Reiter mitten
auf der Straße aufzustellen; aber der Lärm, den Madame
Rifflard macht, ist lauter als sein Commando. Er ruft der
Dame zu, ihre Casserole ruhen zu lassen; allein die Witwe
versteht den Poeten nicht und arbeitet ununterbrochen mit
einer Kraft, welche sie zum Beckenschläger im Orchester des
Circus befähigt hätte.

Lautes Gelächter verändert plötzlich die Scene. Es ist
der große Dupétral, der sich den Bauch hält, als er die
Anzüge der Herren sieht, und ihnen zuruft:

„Was in aller Welt treiben Sie denn? Was bedeu=
tet der Lärm, den Madame Rifflard an ihrem Fenster
macht? Sie scheint die Leute herbeizulocken wie die Seil=
tänzer. — Und dieses Gewehr ... diese Spritze ... und
diese Anzüge. — Ha! ha! ha! Sind wir denn schon im
Carneval?"

„Junger Mann, lachen Sie nicht! Es ist hier keine
Ursache zum Lachen," antwortet Monsignon, indem er
seinen Tschako und die Zipfel seines Kopftuches zurück=
schiebt. „Sie wissen vermuthlich nicht, daß berittene Mord=
brenner durch die Stadt galoppiren und in den Straßen
Feuer ausstreuen."

„Mordbrenner! ... Hier in der Stadt? ... Wo
haben Sie welche gesehen? Ich habe nur den Bewohner
des Spinathauses, Herrn Martin, gesehen; er läuft mit
zwei Freunden hinter seinem Esel her, der aus dem pro=
visorischen Schoppen, den man ihm angewiesen, entwischt

ist und zu seinem Privatvergnügen durch die Stadt galoppirt. — Ich weiß nicht, was für ein Mittel Herr Postulant diesem Esel applicirt hat, aber das Thier scheint Feuer im Leibe zu haben.«

Diese Worte vertreiben den Schrecken von allen Gesichtern. Madame Rifflard stellt sogar das Beckenschlagen ein, um zuzuhören.

»Aber das Feuer, das sie auf ihrem Wege zurückgelassen haben!« wendet Liroquet ein; »ich hab's selbst auf der Erde gesehen.«

»Die Herren haben Cigarren geraucht, während sie dem Esel nachliefen, und vielleicht einige noch brennende Stümpfe weggeworfen, wie die Raucher zu thun pflegen.«

Diese Erklärung vertreibt vollends die Angst der auf das Lärmzeichen herbeigeeilten Personen. Männer und Frauen begeben sich wieder zur Ruhe und sagen verdrießlich:

»Es war wirklich nicht der Mühe werth, diesen Höllenlärm zu machen und die ganze Stadt in Aufruhr zu bringen . . . wegen eines Esels, der sich losgerissen hat!«

»Und dieser Monsignon ruft: Zu den Waffen! Er hat uns nur gefoppt.«

»Wenn er ein andermal um Hilfe ruft, so lasse ich mich nicht stören.«

»Aber der alte Liroquet sah doch mit seiner Küchenschürze und seinem Mantel recht drollig aus.«

»Und eine Haube von seiner Haushälterin hat er aufgesetzt! Ei, . . . der alte Gaudieb! Er hatte die Haube also zur Hand?«

»Es scheint so. — Und Postulant, der eine Sprize

genommen hatte . . . er will immer sein Geschäft be-
treiben!«

Die drei Personen, welche dieses Gespräch anging,
geben sich das Ansehen, als ob sie es nicht hörten und
bleiben auf der Straße, während sich die anderen Einwohner entfernen. Monsignon will den von Dupétral gegebe-
nen Erklärungen durchaus keinen Glauben beimessen. Er
geht mit dem Gewehr auf der Schulter vor Grospré's
Hause hin und her.

»Ich glaub's nicht,« sagt er; »ich lasse mir nicht
aufbinden, daß ein Esel allein so viel Spectakel machen
könne. Dupétral deutet es in seiner Weise; ich gebe mich
nicht zufrieden, bis ich die Ruhestörer gesehen, mit meinen
eigenen Augen gesehen habe.«

»Ihr Wunsch wird sogleich erfüllt werden,« erwiedert der junge Dupétral. »Dort kommt der Esel im vollen
Galopp die Straße herab. Es scheint, daß sie ihn noch
nicht eingeholt haben.«

Der Galopp des Thieres jagt dem alten Liroquet
einen neuen Schrecken ein; aber Monsignon, der im Mond-
schein sieht, daß es sich nur um einen Esel handelt, stellt
sich mitten auf die Straße, hält sein Gewehr in die Quere
und ruft:

»Alle Wetter! Ich werde es aufhalten, das verwünschte Thier, das uns im Schlafe stört. Ich werde diesen Herren zeigen, daß ich mehr vermag, als sie Drei!«

Die Situation wird nun höchst spannend. Liroquet
und der Apotheker drücken sich ans Haus. Der Letztere
hält sein Instrument in Bereitschaft; der junge Mairie-
beamte steht lachend auf der andern Seite der Straße; die

beiden Damen Rifflard und Grospré stehen am Fenster,
sich weit hinausneigend, und die Witwe hält die beiden
Casserole, mit denen sie so gewaltige Klangeffecte erzielt
hat, noch in der Hand; endlich mitten auf der Straße
steht Monsignon mit quergehaltenem Gewehr. Aber als
der Esel näher kommt, bückt sich der Poet und liegt fast
platt auf der Erde, als ihm das Thier bis auf einige
Schritte nahegekommen ist. Madame Rifflard, die den
Poeten in Gefahr glaubt, schlägt wieder mit aller Gewalt
ihre kupfernen Geschirre zusammen, sie hofft den Esel dadurch zu erschrecken und aufzuhalten. Dieses unerwartete
Getöse jagt dem Esel auch wirklich einen Schrecken ein;
aber statt stillzustehen, nimmt er einen neuen Anlauf und
springt über das völlig zusammengekauerte Männlein hinweg.

Bald eilen auch die drei Verfolger Anakreon's herbei und springen ebenfalls über den auf dem Steinpflaster
liegenden Poeten hinweg, ohne ihn zu berühren.

»Ei! so wehren Sie einen Esel ab!« sagt Dupétral
nähertretend. »Es war nicht der Mühe werth, sich mitten
auf die Straße zu stellen, um niederzuhocken und Menschen
und Vieh über sich hinwegsetzen zu lassen.«

Monsignon rührt sich nicht und gibt keine Antwort.

»Ach, mein Gott, er ist verwundet!« rufen Postulant
und Liroquet.

»Verwundet!« wiederholen die beiden Damen.
»Warten Sie .. wir kommen, wir wollen ihm helfen.«

»Bringen Sie von meinem Elexir mit, wenn Sie es
vorräthig haben,« ruft ihnen Postulant zu; »ich will ihm

einige Tropfen davon eingeben, es wird ihn schnell wieder zur Besinnung bringen.«

»Er kann nicht verwundet sein,« entgegnet Dupétral. »Ich habe den Esel beobachtet; er sprang wie ein Rennpferd über ihn hinweg und hat ihn nicht berührt.«

Die beiden Damen kommen in einem durch die Umstände zu entschuldigenden Negligé auf die Straße. Phöbe trug unter dem Arm eine Flasche Kölnerwasser und ein Glas Räuberessig, in der Hand ein Fläschchen Melissengeist.

Die Witwe Rifflard hatte in der Eile eine Flasche Anisette, ein Stück Bimsstein und ein Papier mit Roquefortkäse zusammengerafft.

Man umringt den Poeten, der immer regungslos auf dem Steinpflaster liegt. Madame Grospré besprengt ihn mit Kölnerwasser; Madame Rifflard macht eine halbe Schwenkung um ihn und erbietet sich, ihn mit ihrem Bimsstein zu reiben. Postulant aber mahnt unaufhörlich:

»Wir sollten ihm von meinem Elixir eingeben. Ach, wenn wir's hier hätten, wäre er schon wieder auf den Füßen!«

Aber Dupétral, der sich der Witwe Rifflard genähert hat, ruft auf einmal:

»Madame, was haben Sie denn in dem Papier? Es riecht sehr stark!«

»Ich weiß wahrhaftig nicht . . . ich habe genommen, was eben zur Hand war. Ich glaubte, dieses Papier enthalte ein Stück Kampher.«

»O nein, Kampher ist es nicht. Erlauben Sie . . .«

Dupétral nimmt das Papier, macht es auf und sieht

ein Stück Käse, in welchem sich die Würmer häuslich ein-
gerichtet hatten. Er bricht in ein lautes Gelächter aus;
dann nähert er sich dem Poeten und schiebt Phöbe, die
den letztern mit Kölnerwasser begoß, auf die Seite.

»Erlauben Sie, Madame,« sagt er zu ihr, »ich
glaube, daß ich ihn leichter zur Besinnung bringen werde.«

Er hebt nun Monsignon's Kopf auf und hält ihm
das Stück Roquefortkäse unter die Nase. Der Poet fährt
rasch auf und ruft:

»Alle Wetter! was hat man mir unter die Nase gehalten? . . . Es ist ja entsetzlich! Sie vergiften mich. —
Pfui! weg damit . . . es ist schlimmer als Chlor!«

»Sie sehen wohl, daß ich Recht hatte, diesen Käse
anzuwenden; Sie haben sogleich die Sprache wieder bekommen.«

»Käse! . . . Sie wenden Käse an, um einen Ohn-
mächtigen zur Besinnung zu bringen! . . . Pfui! das ist
nicht poetisch!«

»Das ist wohl möglich; aber es ist wirksam, und
zwar rasch wirkend.«

»Sind Sie verwundet, lieber Monsignon?«

»Ich weiß nicht, Madame . . . aber höchst wahrscheinlich bin ich's.«

»Wo denn, lieber Freund?«

»An der linken Seite habe ich die größten Schmerzen.
— Au weh! Der Esel hat mich getreten.«

»O nein, er hat Sie gar nicht berührt; er sprang
sehr gut.«

»Dann müssen mich die Schnapphähne verwundet
haben.«

»Auch nicht! ich habe sie genau beobachtet.«

»Kurz und gut, ich fühle große Schmerzen in der linken Seite.«

Monsignon dreht sich um und man bemerkt die Feuer= zange, die aus dem Gürtel in die Beinkleider gerutscht ist und ihn in der Seite gedrückt hat.

»Nun, wenn Sie auf dieses Instrument gefallen sind, ist's nicht zu verwundern, daß Sie sich weh gethan haben,« sagt Dupétral, die Zange hervorziehend. »Was wollten Sie denn mit diesem Kamingeräth?«

»Ich konnte meinen Säbel nicht finden, und ich nahm die Feuerzange, um doch etwas im Gürtel zu haben. — Ich glaube wirklich, daß ich mir weh gethan. Ich möchte in meinem Bette sein; aber ich weiß nicht, ob ich gehen kann. Die Zange hat mir eine Rippe eingedrückt.«

»Ich will Ihnen den Arm geben und Sie nach Hause führen,« sagt Dupétral.

»Ich nehme es an. — Ach! meine Damen, welch eine schreckliche Nacht! Und der verwünschte Martin trägt die ganze Schuld; denn er oder sein Esel, das macht keinen Unterschied.«

»Gehen Sie zu Bett, armer Monsignon. Ich bin der Meinung, daß wegen der Störung, die der Esel dieses Herrn in unserem Orte verursacht hat, morgen beim Bür= germeister Klage zu führen ist.«

»Der Bürgermeister ist ja nach Paris gereist, um auf einem Billard ohne Blusen spielen zu lernen.«

»Dann muß man sich an den Adjuncten wenden.«

»Er hat sich gestern impfen lassen und hütet das Bett.«

»Wie! er hat sich impfen lassen! ein Mann von fünf-
undvierzig Jahren!... War er denn noch nicht geimpft?«

»Allerdings; aber heutzutage läßt man sich nachimpfen,
es ist so Mode.«

»Gute Nacht. Gehen Sie zu Bett und schwitzen Sie.
— O, welche Nacht!«

»Angenehme Ruhe, meine Damen. — Ei! die Herren
Postulant und Liroquet sind schon fortgegangen.«

»Es war Zeit,« sagt Dupétral. »Herr Liroquet hätte
sonst seine Schürze verloren.«

Die Damen ziehen sich mit Sack und Pack in ihre
Wohnungen zurück, und Monsignon begibt sich, auf den
Arm des jungen Mairiebeamten gestützt, hinkend nach
Hause. Dupétral hat das Stück Roquefort in die Tasche
gesteckt; er denkt, der Käse müsse, trotz seiner mehr als
pikanten Einwirkung auf die Geruchsnerven, delicat sein.

XVIII.

Ein Windstoß.

Die Ereignisse der Nacht geben am andern Morgen
den Stoff zu allen Gesprächen; aber Jedermann erzählt
sie in seiner Weise, es gibt nicht zwei Erzählungen, die
einander gleichen. Geschwätzigen Leuten ist jede Neuigkeit
willkommen.

Monsignon hütet in Folge der Verletzung, die er sich
mit der Feuerzange gemacht, vier Tage das Bett. Sein
Haß gegen Martin ist so groß geworden, daß er ein

Epigramm zu Tage fördert. welches er, sobald er wieder
ausgehen kann, allen Leuten herzusagen gedenkt.

Das Epigramm lautet folgendermaßen:

> Ein Fremder kam in unser Land
> Mit seinem Esel an der Hand.
> Was will er hier? Auf mein Gewissen,
> Ich werde es zu hindern wissen!

Das Sinngedicht wird sehr schön gefunden. Madame
Rifflard lernt es auswendig und läßt es ihre Dienstmagd
lernen. Mademoiselle Mignonnette sagt es den ganzen Tag
ihrem Oheim vor; aber Boulingrin findet es nicht nach
seinem Geschmack; er antwortet seiner Nichte:

„Was will denn dein Poet zu hindern wissen? Er
sagt's nicht und weiß es vielleicht selbst nicht. Sein Gedicht
ist unklar."

„Onkel, es ist ja eine Satyre auf den Fremden und
dessen Esel."

„Dadurch wird's nicht besser."

Und Dupétral sagt lachend: „Der arme Monsignon!
er konnte dem Esel des Herrn Martin nicht wehren, über
ihn hinwegzuspringen und auch die Verfolger konnte er
nicht aufhalten. Sein Gedicht ist eine Prahlerei."

Madame Valbrun, deren Wohnung nicht die Aussicht
auf die Straße hatte, war ruhig im Bett geblieben, während
alle Leute draußen waren. Sie hatte viel gehen und kommen gehört, die dröhnenden Casseroleschläge waren bis zu
ihren Ohren gedrungen; aber die junge Witwe wußte
schon, daß sie sich mitten unter einer Bevölkerung befand,
die wegen unbedeutenden Dingen viel Lärm zu machen

pflegte; sie hatte daher ruhig den anderen Morgen abge=
wartet, um die Ursache der nächtlichen Störung zu erfahren.

Die zartfühlende Phöbe erzählt ihr die Ereignisse der
Nacht und ermangelt nicht, den Muth Monsignon's zu
rühmen. Er habe sich, sagt sie, quer über die Straße ge=
legt, um den Esel und dessen Verfolger aufzuhalten, und
dieser Plan sei nur an einer Feuerzange gescheitert, die den
Poeten in seinen Bewegungen gehindert habe.

Madame Rifflard schildert noch ausführlicher die Ge=
fahren, denen sich Monsignon ausgesetzt, und jede dieser
Damen verwünscht schließlich den Bewohner des Spinat=
hauses, als die erste Ursache dieser ganzen Ruhestörung.

Wenn eine Dame viel Böses von Jemand hört, wenn
sie sieht, wie dieselbe Person täglich der Gegenstand alber=
ner Klatschereien und böswilliger Verdächtigungen ist, so
kann man versichert sein, daß die Dame dadurch sehr neu=
gierig wird, die vom allgemeinen Haß verfolgte Person
kennen zu lernen. Diese Neugierde ist noch größer, wenn
es sich um einen Herrn handelt.

Clementine wäre keine Evastochter gewesen, wenn sie
diese Neugierde nicht gefühlt hätte, und ohne sich ihres
Wunsches deutlich bewußt zu werden, lenkt sie auf Spa=
ziergängen, in der ihr am meisten zusagenden Gesellschaft
eines Buches, unwillkürlich ihre Schritte in die Nähe des
einsamen Landhauses, in welchem es einem Engländer in
Folge einer zarten Aufmerksamkeit seines Dieners endlich
gelungen war, sich zu erhängen.

Zur Entschuldigung ihrer Neugierde hätte Madame
Valbrun den ihr begegnenden Personen sagen können,
daß gerade diese Seite der Umgebung die angenehmsten

Aussichtspunkte, die freundlichsten Partien darbiete; daß
der Garten ihrer Cousine Grospré allerdings sehr hübsch
sei, daß man aber nicht in die Provinz gehe, um sich Tag
für Tag auf einen Garten zu beschränken; daß es überdies,
wenn Herr Grospré mit seinen Freunden in den Garten
komme, nicht möglich sei, daselbst ungestört zu lesen, da die
Herren ihre Gespräche mit lautem Gelächter, welches den
dröhnenden Beckenschlägen der Madame Rifflard noch über=
legen, zu würzen pflegten.

Madame Valbrun sagte alles dies nicht; sie pflegte
zu thun, was ihr gefiel, ohne sich um das Gerede der Leute
zu kümmern und sie hatte vollkommen Recht. Ueble Nach=
reden fürchten ist ein Zeichen von Beschränktheit, geistreiche
Menschen setzen sich über eine Menge Plackereien und Ge=
bräuche hinweg, die nur von Dummköpfen oder Heuchlern
geachtet werden. Die Letzteren machen's hundertmal schlim=
mer als die, welche man verlästert, aber sie besitzen die
Gabe, den Schein zu retten — jenen Vorhang, hinter
welchem so Vieles geschieht, den man aber beständig ge=
schlossen halten muß.

Clementine ging also außerhalb der Stadt spazieren;
sie hielt ihr Buch aufgeschlagen in der Hand, ohne jedoch
sehr aufmerksam darin zu lesen. Sie war eben an dem
Landhause, welches der räthselhafte und vielbekrittelte
Fremde bewohnte, vorübergegangen; sie hatte diese Woh=
nung, von der man so viel sprach, in Augenschein genom=
men und nichts Außerordentliches daran bemerkt. Die Fen=
sterläden im Erdgeschoß waren geschlossen, aber im ersten
Stock waren alle Jalousien offen.

Die junge Witwe ging jenseits des Landhauses auf

ein kleines, nicht sehr dichtes Gehölz zu, in welchem man
jedoch Schatten genug finden konnte, um einen Augenblick
auszuruhen. Das bisher sehr schöne Wetter fing an sich zu
trüben. Ein heftiger Wind erhob sich; auf den Spinatfel=
dern konnte er keinen Staub auftreiben, setzte aber die
Zweige der Bäume, denen sich unsere Spaziergängerin
näherte, in starke Schwankungen.

Clementine war nur noch etwa hundert Schritte von
dem kleinen Gehölz, als ein Windstoß ihr den großen
Strohhut vom Kopfe riß. Der Hut hätte sollen unter dem
Kinn festgebunden werden; aber es war so schön gewesen,
als die junge Witwe ausgegangen war, daß man diesen
Sturm nicht erwarten konnte. Und nahm es sich nicht hüb=
scher aus, die breiten rosenfarbenen Hutbänder flattern zu
lassen?

Ein solcher Unfall ereignet sich immer so plötzlich,
daß der Hut schon weit entfernt ist, wenn man bemerkt,
daß man ihn nicht mehr auf dem Kopfe hat. Die junge
Frau fühlte nur, daß ihr Kopfputz in Unordnung kam; sie
griff mit beiden Händen nach dem Kopfe ... und schon
war ihr Hut, vom Winde getrieben, zwanzig Schritte von
ihr entfernt. Sie will ihn einholen, aber der Wind ist
schneller als ihre Füße, der Hut nimmt immerfort Reiß=
aus. Als sie ihn endlich zu erhaschen hofft, fängt sich ein
heftiger Windstoß unter dem Hut und treibt ihn in die
Höhe wie einen Papierdrachen. Auf dieser Luftfahrt
bleibt der Hut an dem ziemlich hohen Aste eines Nuß=
baumes, am Ende eines Spinatfeldes hangen.

„Ach, mein Gott! da hängt er!" sagt Madame Val=
brun mit tragi=komischem Tone und betrachtet mit trübseli=

ger Miene den hübschen Strohhut, dessen rosenfarbene Bänder um den Ast, der auf diesen lieblichen Schmuck stolz zu sein schien, gewunden waren. Und natürlich sieht sich die junge Dame nach allen Seiten um, sie hofft einen der zahlreichen Straßenjungen zu bemerken, die sich auf dem Lande herumzutreiben pflegen und eben so leicht auf einen Baum klettern, wie andere Leute eine Treppe besteigen.

Aber es war Niemand zu sehen . . . nicht ein einziger von den kleinen Buben, die aus der Erde zu kommen scheinen, wenn man allein sein möchte. Es ging ihr wie mit den Fiakern, wenn's regnet: wenn man einen braucht, findet man keinen.

Die junge Frau blickt nun traurig nach dem Aste, der ihren Hut festhält. Aber . . . oder Wunder! Auf dem Nußbaume sitzt ein Mann; er ergreift nicht ohne Gefahr den am Ende des Astes hangenden Hut, macht ihn vorsichtig los und klettert noch vorsichtiger herunter, um den Hut nicht zu beschädigen. Als er endlich den Erdboden erreicht hat, eilt er auf Clementine zu, überreicht ihr den zerbrechlichen Gegenstand und sagt mit großer Artigkeit:

»Nehmen Sie, Madame; ich hoffe, daß er auf seiner Luftfahrt keinen Schaden genommen.«

Madame Valbrun, sehr erfreut wieder in den Besitz ihres Hutes zu kommen, dankt dem Unbekannten, bedeckt schnell ihr im Winde flatterndes Haar, und nachdem sie die Hutbänder unter dem Kinn festgeknüpft, mustert sie den Herrn, der eine Blouse von ungebleichter Leinwand, weite, gewürfelte Beinkleider und einen zugespitzten grauen Hut mit breitem Rande trägt. — »So hat man mir den Anzug des Herrn Martin geschildert,« denkt sie. »Ja, so soll er gekleidet sein. Man hat freilich behauptet, er sei abschreckend von Gesicht, und dieser ist es keineswegs. Er trägt wohl einen Vollbart, aber selbst in Paris ist es keine Seltenheit und man sieht es bei sehr anständigen Männern. Aber trotz dieses starken schwarzen Bartes scheint mir dieser Herr gar nicht übel ... er ist jung und hat ein sehr feines Benehmen.«

Um diese Bemerkungen zu machen, bedurfte es für Clementine nur eines Blickes; denn wir Männer haben keinen Begriff von der feinen, raschen Beobachtungsgabe der Frauen; sie haben wahrscheinlich in ihrem Augapfel etwas, das uns fehlt.

Als Madame Valbrun ihren Strohhut wieder aufgesetzt und festgebunden, fügt sie hinzu:

»Ich schätze mich sehr glücklich, mein Herr, daß Sie hier in der Nähe waren, und ich sage Ihnen meinen verbindlichsten Dank; denn mein Hut hatte einen sehr hohen Platz, und zumal am Ende eines Astes, der mir nicht sehr stark zu sein scheint. Es war gewiß gefährlich, ihn dort zu holen.«

»Das habe ich nicht bemerkt, Madame; ich sah Ihren Hut an einem Ast hängen. Ich dachte wohl, daß Sie ihm diesen luftigen Platz nicht angewiesen und daß Ihnen der Wind diesen bösen Streich gespielt hatte. Ich kletterte rasch auf den Baum, um Ihnen den Hut, der Ihnen so hübsch steht, sogleich zurückzugeben. Ich bin überzeugt, daß jeder Mann, der nicht am Podagra leidet, es eben so gemacht hätte.«

Diese Antwort wurde mit der Gewandtheit und Artigkeit des feinen Weltmannes gegeben. Die kleine

Schmeichelei, die sich einschlich, wurde in so natürlicher Weise gesagt, daß man wohl berechtigt war, sie für Wahrheit zu halten.

Wie kann man aber den feinen Ton, die ungezwungene Artigkeit dieses Herrn mit den haarsträubenden Geschichten vereinigen, die über Martin erzählt werden? Und so denkt auch Clementine: Er kann's nicht sein!

Sie will aber vor Allem Gewißheit haben

»Mein Herr,« erwiedert sie, »Sie wollen keinen Dank für Ihre Gefälligkeit; aber Sie werden mir wenigstens erlauben, dem Zufall zu danken, der Sie gerade zur rechten Zeit in meine Nähe führte, um mir zu Hilfe zu kommen.«

»Der Zufall, Madame, hat nichts damit zu thun, denn ich bewohne seit einigen Wochen jenes alleinstehende Landhaus . . .«

»Wie! Sie wohnen in dem Hause dort?«

»Ja, Madame, ich wohne in dem Spinathause. Ich weiß wohl, daß man ihm diesen Spitznamen gegeben hat. Man nennt es auch das Haus des Gehängten, denn man ist hier sehr erfinderisch in Spottnamen.«

»Dann sind Sie also . . . Herr Martin?«

Der Herr in der Blouse verneigt sich lächelnd und antwortet:

»Ja, Madame, ich bin's.«

»Ach! Herr Martin, wenn Sie wüßten, wie angelegentlich man sich in diesem Städtchen mit Ihnen beschäftigt! Sie ahnen wohl nicht, welches Aufsehen Sie hier machen, welche Unruhe, welchen Schrecken sogar Sie den Leuten verursachen.«

„Wie, sogar Schrecken? Ich hätte nicht geglaubt, daß ich so fürchterlich sei. — Was habe ich denn gethan, um die Bewohner dieses Städtchens so zu beunruhigen? Ich, hoffe, Madame, daß Sie diese Unruhe nicht theilen."

„Was wissen Sie davon?"

„Ich weiß, daß Sie eine Pariserin sind; daß Sie erst seit Kurzem hier im Orte wohnen und daß Sie wahrscheinlich nicht die Absicht haben, Ihren dauernden Wohnsitz hier zu nehmen."

„So! Das Alles wissen Sie? Für einen Mann, der keinen Umgang im Orte hat, scheinen Sie mir gut unterrichtet zu sein."

„Mein Freund Frémont, der dieses Landhaus für mich gemiethet, hat mir Manches von den Einwohnern, ihren Sitten und Gewohnheiten erzählt, und ich muß Ihnen gestehen, Madame, daß diese Schilderung mich bewogen hat, jeden Verkehr mit den Kleinstädtern zu meiden. Ich weiß wohl, daß die Bewohner kleiner Städte im Allgemeinen neugierig, geschwätzig, zudringlich sind und gern schlecht von Andern sprechen; mein Freund Frémont sagte mir, daß es hier noch schlimmer sei als anderswo. Ich habe dieses Landhaus gemiethet, um die Ruhe und Stille des Landlebens zu genießen, um ungestört zu arbeiten, um zumal die zudringlichen, lästigen Menschen zu meiden; ich habe mir daher vorgenommen, mit den Bewohnern des Orts gar keinen Umgang anzufangen; aber ich hätte nie gedacht, daß ihnen meine Nachbarschaft einen Schrecken einjagen könnte."

„Ihre Nachbarschaft, Herr Martin, beunruhigt sie gerade nicht, sondern . . . doch ich weiß wahrlich nicht, ob ich Ihnen alle Albernheiten, zu denen Ihre Anwesenheit Anlaß gibt, erzählen soll . . .«

»Erzählen Sie nur, Madame, ich versichere, daß es mich sehr unterhalten wird.«

Und der bärtige Herr setzt mit jenem komischen Ernst, durch welchen Grassot das Theaterpublicum in die ungeheuerste Heiterkeit zu versetzen pflegte, hinzu:

»Madame, ich bin auf Alles gefaßt. — Hält man mich für einen Räuberhauptmann?«

»Das wohl nicht . . . so arg ist's nicht.«

»Nicht so arg? Dann bin ich also nur ein gemeiner Räuber?«

»Lassen Sie mich gefälligst zu Worte kommen . . .«

»Verzeihen Sie, Madame. — Aber ich halte Sie hier auf freiem Felde auf, wo nicht einmal ein Platz zum Sitzen ist. Mich dünkt, daß wir uns unter jenen großen Baum setzen könnten, der das Glück gehabt hat, eine kleine Weile Ihren Hut zu tragen . . . wenn Sie nicht etwa fürchten sich zu compromittiren, falls man Sie an meiner Seite sitzen sähe.«

Madame Valbrun lächelt und wendet sich zu dem kleinen Rasenhügel, der eine natürliche Bank bildet.

»Ich glaube wirklich,« erwiedert sie, »daß es wenige Damen der Stadt wagen würden, an Ihrer Seite Platz zu nehmen; aber Sie wissen ja, daß ich hier ebenfalls fremd bin.«

Die junge Witwe und der Herr in der Blouse setzen sich unter den großen Baum. Clementine kommt mit Martin bald in ein lebhaftes Gespräch, als ob sie einander schon lange gekannt hätten; sie hatten sich gegenseitig sogleich ver-

standen und Gefallen an einander gefunden; sie hatten errathen, daß sie den gleichen Gesellschaftskreisen angehörten
und denen des Städtchens fernstanden.

XIX.

Unter einem Baume.

»Wenn Sie erlauben,« beginnt Clementine, »so will
ich von vorne anfangen.«

»Wenn Sie wollen, Madame.«

»Ich beginne also mit Ihrer Ankunft. Sie haben bei
den Notabilitäten dieses Ortes Ihren pflichtschuldigen Besuch nicht abgestattet. Dies ist die erste Beschwerde, die man
über Sie führt.«

»Das ist richtig; aber da ich mit Niemand zu thun
haben wollte, so sehe ich die Nothwendigkeit nicht ein, Besuche zu machen.«

»Zweitens: Ihr — mein Gott! ich weiß nicht, ob ich's
Ihnen sagen darf —«

»Ich bitte Sie, Madame, Alles zu sagen.«

»Nun, Ihr Anzug hat etwas Originelles, das den
hiesigen Einwohnern sogleich auffiel; man weiß hier nicht,
daß sich in Paris Jedermann kleidet, wie es ihm beliebt,
vorausgesetzt, daß der Anstand dadurch nicht verletzt wird.«

»Und ich glaube doch, Madame, daß mein Anzug
durchaus nicht anstößig ist.«

»Sie haben vollkommen Recht.«

»Man hat es also übel genommen, daß ich eine

Blouse trage! Ich glaube aber, daß man auf dem Lande nicht nöthig hat, einen Frack anzuziehen, um die Blumenbeete zu begießen oder um Unkraut auszureißen.«

»Nein, Ihre Blouse hat kein Mißfallen erregt, sondern Ihr grauer Filzhut mit dem breiten Rande — er hat großes Aufsehen gemacht, man hatte hier solche Hüte noch nicht gesehen.«

»Es freut mich unendlich, daß mein Hut so viel Effect gemacht hat.«

»Ueberdies drücken Sie Ihren Hut ziemlich tief auf die Augen, so daß man Ihr Gesicht nicht recht sehen kann; alle Leute glaubten Sie daher als bärbeißig, wild, abschreckend schildern zu müssen —«

»Das ist ja höchst unterhaltend. Ich bitte Sie, Madame, fahren Sie fort.«

»Ferner hat man die Bemerkung gemacht, daß Sie die Fensterläden des Erdgeschosses beständig geschlossen halten.«

»Das ist die Wahrheit, Madame, denn ich hatte bemerkt, daß meine Wohnung täglich von Spaziergängern oder vielmehr Neugierigen umgeben war, die nicht ruhig ihren Weg gingen, sondern sich alle Mühe gaben, meine Hauswirthschaft zu beobachten. Neugierige Menschen kann ich nicht leiden und so habe ich, um ihnen einen Schabernack zu spielen, meine Fensterläden geschlossen. — Unter den Neugierigen machte sich ein kleiner, immer wie eine Drahtpuppe gekleideter Herr bemerklich. Eines Tages drückte er sich an die Wand meines Hauses, um zu erlauschen, was im ersten Stocke, dessen Fenster offen waren, gesprochen wurde. Zwei junge Leute, die bei mir waren, bemerkten die

Manöver dieses Herrn und begoſſen ihn mit dem Inhalt eines Waſchbeckens. Und ich finde, daß ſie recht gethan.«

»Ich kenne dieſe Anecdote. Sie haben ſich Herrn Monſignon zum erbitterten Feinde gemacht.«

»So heißt alſo der kleine Mann? Was iſt dieſer Herr Monſignon?«

»Er lebt von ſeinen Renten und macht Verſe — zu ſeinem Vergnügen.«

»Aber nicht zum Vergnügen der Geſellſchaft.«

»Endlich haben Sie einen Eſel —«

»Das iſt ebenfalls wahr, Madame. Es iſt mir bequem, um Ausflüge zu machen und überdies reite ich gern auf einem Eſel. Jedermann wählt ſich ſein Vergnügen nach Belieben und mich dünkt, daß dieſes Vergnügen ſehr harmlos ſei.«

»Allerdings. Aber iſt Ihr Eſel nicht vor einigen Tagen entwiſcht? Iſt er nicht mitten in der Nacht durch die Stadt gelaufen? Sie haben ihn mit anderen Perſonen verfolgt und hinter ihm drein gerufen, um ihn aufzuhalten. Das hat großes Aufſehen gemacht. Sie haben einen Theil der Einwohnerſchaft geweckt. Der Galopp des Eſels, das Rufen mitten in der Nacht — mehr brauchte es nicht, um dieſen Leuten, die in der Nacht nicht einmal das Summen einer Fliege zu hören pflegen, einen großen Schrecken einzujagen.«

»Madame. es war nicht meine Schuld. Mein Eſel entwiſchte aus dem Schoppen, den ich ihm einſtweilen als Stall angewieſen hatte, lief in die Stadt, natürlich eilen wir ihm nach. Aber der Schlingel läuft gut und wir mußten lange hinter ihm herlaufen.«

»Die Einwohner hörten rufen und galoppiren; sie glaubten, es wären Räuber und Mordbrenner da, welche die Stadt in Brand stecken wollten; denn man hat Feuer auf Ihrer Spur gefunden —«

»Wahrscheinlich Cigarrenstümpfe, die noch brannten.«

»Kurz, Ihr Esel hat Herrn Monsignon verletzt, der sich auf die Straße geworfen hatte, um ihn aufzuhalten.«

»Schon wieder dieser Monsignon! — Was, dieser Herr hatte sich auf die Straße gelegt, und er war es also, über welchen wir hinwegsprangen? Er nimmt eine sonderbare Position an, um die Esel aufzuhalten! — Ich bin übrigens der Meinung, daß Anakreon — so heißt nämlich mein Esel — den Herrn nicht berührt hat.«

»Sie haben Recht; er scheint sich durch eine Feuerzange, die er statt eines Säbels in den Gürtel gesteckt, verletzt zu haben.«

Martin lacht herzlich über die seltsame Bewaffnung des Poeten und Madame Valbrun kann nicht umhin, seine Heiterkeit zu theilen.

»Ist das Alles, Madame?« fragt der junge Mann mit dem Vollbarte.

»Ich glaube, ja. Finden Sie, daß es noch nicht genug sei?«

»Nein, ich möchte gern noch mehr hören, denn es ist höchst unterhaltend. Uebrigens hatte mich Frémont darauf vorbereitet und es ist mir nicht ganz unerwartet gekommen; aber ich glaubte doch nicht, daß so drollige Dinge vorfallen würden.«

»Ah! warten Sie, Herr Martin, es fällt mir noch etwas ein.«

»Laſſen Sie hören, Madame.«

»Herr Monſignon hat ein Epigramm auf Sie ge=
macht, und faſt die ganze Stadt weiß es herzuſagen.«

»Befriedigen Sie meine Wißbegierde, Madame. Ich
möchte gern Alles wiſſen, was die ganze Stadt weiß. Ein
Epigramm von Herrn Monſignon muß ſchön ſein, und es
muß wirklich die Mühe lohnen, es dem Gedächtniſſe ein=
zuprägen. Sie haben es doch auch gelernt?«

»O ja. Hören Sie nur:

»Ein Fremder kam in unſer Land,
Mit ſeinem Eſel an der Hand.
Was will er hier? Auf mein Gewiſſen,
Ich werde es zu hindern wiſſen!«

»Köſtlich! entzückend! — Wie danke ich Ihnen, Ma=
dame, daß Sie mir dieſes reizende Epigramm mitgetheilt
haben. Es iſt mit attiſchem Salz gewürzt, und mein Eſel
iſt mit geſchickter Hand eingeſchoben. Nach dieſem Muſter
iſt es mir geſtattet, das Talent des Ortspoeten zu beurthei=
len. Madame, entſchuldigen Sie meine Neugierde, aber ich
frage mich, wie es kommt, daß Sie, die eine Zierde der
Pariſer Geſellſchaft ſein könnten — dies iſt keineswegs
eine Schmeichelei, ſondern eine wahre, aufrichtig gemeinte
Bemerkung — daß Sie ſich in ein Städtchen zurückgezo=
gen, deſſen Einwohner ſo weit zurück zu ſein ſcheinen?«

»Man muß zuweilen aus dem gewohnten Geleiſe
heraustreten,« antwortet die junge Witwe; »man kehrt
dann deſto lieber in die alten Verhältniſſe zurück. Ich habe
eine Couſine, die mit einem der Notabeln dieſer Stadt ver=
heiratet iſt. Sie hatte mich ſchon längſt gebeten, einige
Zeit bei ihr zu ſein; ich folgte der Einladung, und bereue

es nicht. Ich sehe eine mir ganz neue Gesellschaft, und das ist belehrend für mich, ich lerne dadurch die Provinzbewohner kennen. Ich hatte schon einige Zeit ziemlich weit von der Hauptstadt auf dem Lande gewohnt, wo ich nur Bauern sah; ich erkannte mit tiefem Bedauern, daß die Naturmenschen im Allgemeinen bösartig, neidisch sind und unaufhörlich klagen und über die Reichen schimpfen. Und nach ihrer Meinung sind alle Bürgersleute reich. Ich sah, daß die Bauern im Handel und Verkehr einander nur zu übervortheilen suchen. Von den Bäuerinnen will ich schweigen, denn auf dem Lande muß man Unschuld und Tugend nicht suchen. — Jetzt kann ich die Provinzbewohner beurtheilen. Ich zähle zu denselben nicht die Bewohner der großen Städte, wie Lyon, Rouen, Bordeaux und viele andere; ich meine die Kleinstädter, und wenn ich sie nach denen, die mich jetzt umgeben, beurtheilen soll, so kann ich ebenfalls nicht läugnen, daß sie schmähsüchtig, neugierig, geschwätzig, empfindlich, lächerlich durch ihre Ansprüche auf guten Ton sind, von welchem sie gar keinen Begriff haben, weil der gute Ton nicht in steifer, gezwungener Haltung besteht. Eine Gesellschaft, die auf guten Ton Anspruch macht, bildet im Salon keinen Kreis, um die Anzüge zu bekritteln, jeden Blick, jede Miene einer Controle zu unterziehen. Im Ganzen genommen ist das Leben in Paris hundertmal besser; man thut dort, was man will; man macht Toilette, oder bleibt im einfachen Hauskleide, ohne daß sich die Nachbarn darum kümmern. Man ist freundlich, heiter, zuweilen geistreich und witzig, immer nachsichtig. Ich bin auch willens, wieder hinzugehen.«

»Bald, Madame?«

Clementine sieht den Herrn an, dessen Frage bei ihrer kurzen Bekanntschaft etwas indiscret ist. Er bemerkt, daß er sich übereilt, und fügt schnell hinzu:

»Verzeihen Sie, Madame, daß ich mir diese Frage erlaubt habe; aber diese Unterredung hat mir so viel Vergnügen gemacht, daß Sie mir nicht zürnen werden, wenn ich den Wunsch hege, Sie wieder zu sehen.«

Madame Valbrun steht auf und erwiedert:

»Ich entschuldige Sie, Herr Martin, und wenn man Sie wieder angreift, wird es mir eine Freude sein, Sie vertheidigen und die Versicherung geben zu können, daß Sie nicht so furchtbar sind, wie man glaubt.«

»Sie sind zu gütig, Madame. Dann darf ich also hoffen ... ich weiß nicht, ob Sie zuweilen hier in der Nähe spazieren gehen.«

Die junge Witwe antwortet lächelnd:

»Das kann ich wirklich nicht sagen. Ich gehe zuweilen spazieren — aber wenn's so windig ist, gehe ich nicht mehr aus!«

»Sie zürnen dem Winde, Madame, und ich preise ihn als ein Glück, denn ich verdanke ihm ja die Freude, Ihre Bekanntschaft gemacht zu haben.«

Clementine beantwortet dieses Compliment nur mit einer anmuthigen Verbeugung und entfernt sich.

»Er ist sehr artig und fein gebildet,« sagt sie zu sich. »Er scheint ein Künstler zu sein. — Ich habe nichts von der Dame gesagt, welche, das Mirlitonlied singend, sich zu ihm begab, weil ... weil es mich im Grunde gar nichts angeht.«

Und die junge Witwe geht der Stadt zu, ohne einen

kleinen Mann zu sehen, der sie mit Martin unter dem Baum bemerkt und, über seine Entdeckung hocherfreut, eilends Reißaus genommen hatte, als Clementine aufgestanden war. Da er früher als sie in Grospré's Haus kommen wollte, so kroch er durch eine Spinatpflanzung, in welcher er zu schwimmen schien.

XX.

Die bösen Zungen rühren sich.

»Es ist so, wie ich Ihnen sage,« wiederholt Monsignon, der sich, nachdem er durch das Spinatfeld gekrochen war, in Trab gesetzt hatte und ganz außer Athem in Grospré's Haus gekommen war.

»Es ist nicht möglich! Sie müssen sich geirrt haben. Meine Cousine haben Sie gewiß nicht gesehen.«

»Doch, es war Ihre Cousine, Ihre schöne Cousine, wie Sie sie nennen. Sie trug ein weißes Kleid mit violetten Sträußchen, einen großen runden Strohhut mit rosenfarbenen Bändern und einen kleinen, ebenfalls violetten Shawl.«

»In diesem Anzuge habe ich sie wirklich diesen Morgen gesehen. Und sie sprach mit dem Eselsherrn?«

»Ja, sie sprach sehr vertraulich mit ihm. Beide saßen unter einem großen Baum, an einem sehr entlegenen, einsamen Ort. Sie saßen auf dem Rasen, und zwar sehr nahe bei einander; sie sahen sich in die Augen. Die linke Hand des Herrn ruhte auf dem rechten Knie Ihrer Cousine.«

»Wissen Sie das gewiß?«

»Ich glaube mich nicht zu irren. Wo die rechte Hand war, kann ich nicht genau sagen.«

»Das ist ja entsetzlich! Haben die Beiden Sie ge= sehen?«

»Nein, sie waren zu sehr in ihr Gespräch vertieft. Es hätte der Blitz zu ihren Füßen einschlagen können, sie würden's nicht bemerkt haben.«

»So weit ist's also gekommen?«

»Ja, es ist so. O, das Gespräch war lebhaft und animirt.«

»Und was haben sie gesprochen?«

»Was sie gesprochen haben? Ich konnte nur wenige Worte verstehen, weil ich ihnen, ohne gesehen zu werden, nicht ganz nahe kommen konnte; aber ich habe Einiges ganz deutlich gehört. Zum Beispiel: »Ich werde ausge= ben, wenn's nicht mehr so windig ist.« Dies sagte Ma= dame Balbrun. Darauf antwortete der Fremde: »Ich ver= danke Ihnen mein Glück . . . wie süße Augenblicke habe bei Ihnen verlebt!« Darauf fügte er, wenn ich recht ver= standen habe, hinzu: »Ewige Liebe!« Und er küßte ihr die Hände.«

»Ich weiß nicht, was ich dazu sagen soll. Herr Mon= fignon, Sie sehen mich ganz bestürzt über Ihre Mitthei= lung. Was, meine Cousine, eine so gebildete Person, eine Witwe, deren Lebenswandel nie Veranlassung zu der mindesten üblen Nachrede gegeben hatte!«

»Es ist bei allen Dingen ein Anfang.«

»Ein Liebesverhältniß mit diesem so übel berüchtig= ten Menschen! Sie muß ihn schon in Paris gekannt haben, sonst würden sie nicht auf so vertrautem Fuße mit einander stehen.«

»Das weiß ich nicht. Aber Sie werden sich erinnern, daß Ihre Cousine immer schwieg und höhnisch lächelte, wenn von diesem Martin die Rede war und über ihn gesprochen wurde, wie er's verdient; oder daß sie, wenn sie etwas sagte, immer Partei für diesen Eindringling nahm.«

»Ja wohl, ich habe es bemerkt, es war mir sogar auffallend.«

»Madame Rifflard hatte dieselbe Bemerkung gemacht. — Und in jener Schreckensnacht, als alle Leute aufstanden, um die Ursache des Straßenlärms zu erfahren, ließ sich Ihre Cousine nicht sehen, sie blieb ruhig in ihrem Zimmer. Sie wußte also, daß es in der Nacht Lärm geben würde; denn hätte sie es sonst nicht wie alle Leute gemacht? Wäre sie nicht aufgestanden, um sich wenigstens zu erkundigen, was vorging?«

»Ihre Bemerkung ist sehr richtig. Es ist sonnenklar! Alle im Hause, sie allein ausgenommen, waren auf den Füßen; folglich muß sie Kenntniß davon gehabt haben. Das ist so klar wie zweimal zwei vier. Sie hat diesen Martin schon früher gekannt, das ist nicht zu bezweifeln. — Es fällt mir noch etwas ein. Seit mehr als zwei Jahren habe ich an Madame Valbrun geschrieben und sie eingeladen, einige Zeit hier zuzubringen. Sie zeigt ihre Ankunft nicht an . . . und auf einmal kommt sie etwa vier Wochen später, als dieser Martin das Landhaus gemiethet hatte.«

»Wer nicht blind ist, muß die ganze Intrigue durchschauen. Das Verhältniß muß schon in Paris angefangen haben; aber dort wurde man wahrscheinlich beobachtet, eifersüchtige Blicke mochten ihnen wohl lästig werden . . .«

»Wer weiß? Dieser Martin ist vielleicht verheiratet.«

»Wahrscheinlich. Wenn er's nicht wäre, würde er sich nicht in ein so tiefes Geheimniß hüllen . . .«

»Und er würde keinen Hut tragen, dessen breiter Rand sein Gesicht fast verhüllt.«

»Er ist gewiß verheiratet, ich möchte darauf wetten! Man wird gedacht haben: »Wir wollen Paris verlassen und fern von eifersüchtigen Blicken in einer kleinen Provinzstadt unserer Liebe leben. Du wirst zuerst abreisen...« Ohne Zweifel dutzen sie sich, wenn sie allein sind . . . Du wirst zuerst abreisen und eine einsame entlegene Wohnung miethen. Dann komme ich nach. Ich habe eine Cousine in dem und dem Städtchen; dort miethest Du Dich ein, und ich gehe dann zu meiner Verwandten. Das wird ganz natürlich scheinen und keinen Verdacht erregen.«

»Ja, ja, so ist's gewiß. Alles greift in einander. Und jetzt erinnere ich mich einiger sonderbarer Umstände, die ich nicht beachtet hatte. Ich hatte ja nicht die mindeste Ahnung. So zum Beispiel verlangte meine Cousine den Hausschlüssel. Ich fragte sie: »Was wollen Sie damit machen?« Sie antwortete: »Auf dem Lande stehe ich zuweilen sehr früh auf, und dann mache ich gern einen Spaziergang im Freien.« Ich sagte zu ihr, die Hausmagd könne ihr ja die Hausthür öffnen. Sie aber erwiederte: »Ich will Ihre Hausmagd nicht wecken.« — »Der Gärtner,« entgegnete ich, »steht auch früh auf.« — »Der Gärtner ist taub, er versteht mich nicht, wenn ich ihn anrede.«

Kurz, sie ließ nicht nach und endlich gab ich ihr einen Schlüssel.«

»Welche Unbesonnenheit! Sie können versichert sein, daß sie den Schlüssel nicht ohne Absicht verlangt hat. Die schöne Pariserin geht in der Frühe, vielleicht in der Nacht aus! Und wer weiß, ob sie ihren Buhlen nicht in's Haus bringt.«

»O, das wäre abscheulich! . . . Mein Haus sollte der Mittelpunkt einer sträflichen Intrigue werden! . . . Lieber Monsignon, dieser Gedanke bringt mich ganz aus der Fassung . . . Jetzt fällt mir ein, daß Clementine gestern nicht zum Frühstück gekommen ist.«

»Wenn man sucht, findet man genug Beweise.«

»Ich sagte zu Kunigunde . . . »Sehen Sie doch zu, wo meine Cousine ist.« — »Ich glaube, daß sie schon ausgegangen ist.« — Warten Sie, ich will es sogleich ermitteln.« Und Madame Grospré öffnet die Salonthür und ruft mit schallender Stimme:

»Kunigunde! Kunigunde!«

Die Köchin erscheint mit einem mürrischen Gesicht, weil man sie bei ihrem dritten Frühstück gestört hat; sie murrt:

»Was wünschen Sie?«

»Kunigunde, gestern Morgens schickte ich Sie zu Madame Valbrun, um sie zum Frühstück zu holen; wo haben Sie sie gefunden? . . . Sie suchten sie lange, sie war vermuthlich draußen. Antworten Sie aufrichtig und sagen Sie die Wahrheit.«

»Warum sagen Sie mir das, Madame?«

»Es ist sehr wichtig. Wo war meine Cousine?«

»Sie war in dem kleinen Cabinet.«

»Es ist genug. Ich weiß genug.«

Die Köchin geht fort und murrt: »Es war nicht der Mühe werth, mich wegen dieser Frage zu stören.«

Als Kunigunde fort ist, wirft sich Phöbe in einen Armsessel und sagt in großer Aufregung:

»Geben Sie mir einen Rath, lieber Monsignon. Was soll ich thun? Wie soll ich mich gegen meine Verwandte benehmen?... Ich kann doch diese anstößigen Intriguen, die vor meinen Augen gesponnen werden, nicht dulden; ich kann mir durch mein Stillschweigen nicht das Ansehen geben, als ob ich damit einverstanden wäre. — Sie antworten nicht. Woran denken Sie?«

»Ich denke, daß ich an meinem Epigramm etwas geändert haben würde, wenn ich diese Intrigue früher gekannt hätte. — Warten Sie ... ich glaube, daß ich's habe, ich reime so leicht ...«

»Könnten Sie Ihr Epigramm nicht später umändern?«

»Still! kein Wort! rühren Sie sich nicht... Ja, ich hab's. Hören Sie nur:

»Ein Fremder kam in unser Land
Mit seinem Esel ...«

Mit seinem Esel ... Es ist sonderbar, ich hatte die Variante schon, und sie entschlüpft mir ...«

»Madame Valbrun wird sogleich nach Hause kommen ...«

»Mit seinem Esel ...«

»Wie, reitet sie denn auf Martin's Esel?«

»Nein, es heißt so in meinem Epigramm — Ah! jetzt
habe ich die Variante wieder erwischt. Hören Sie:

> „Ein Fremder kam in unser Land,
> Mit seinem Esel an der Hand
> Wir können's leider ihm nicht wehren,
> Doch was er will, wir werden's hören!“

Nun, was sagen Sie dazu?«

»Sehr hübsch! Solche poetische Schachzüge gelingen
nur Ihnen.«

»Ja, ich glaube, daß es recht hübsch aufgeschürzt
ist, wie Piron sagte. Ich glaube, es steht in seiner Metro=
manie.«

»Jetzt wollen wir von meiner Cousine sprechen, es
ist keine Zeit zu verlieren. Was soll ich thun?«

»Sie müssen nichts sagen, sie darf nicht ahnen, daß
Sie von einem Verhältniß zwischen ihr und diesem Martin
etwas wissen. Es muß das tiefste Schweigen über die ganze
Angelegenheit beobachtet werden. Wenn Madame Val=
brun nichts merkt, wird sie sich nicht in Acht nehmen; wir
beobachten sie, lauern ihr auf. Verlassen Sie sich nur auf
mich. Und wenn wir unläugbare Beweise ihrer Intrigue
mit dem Eindringling haben, lassen wir die Bombe platzen,
und wir lachen auf Kosten dieser Pariserin, die unsern
Ort ein Städtchen genannt hat!«

»Sie haben Recht, Monsignon. Ihr Plan ist vor=
trefflich. Ich verschweige also Alles, was Sie mir gesagt
haben ...«

»Das versteht sich, Sie müssen reinen Mund halten.
Ihren Gemal könnten Sie allenfalls in's Vertrauen ziehen,
wenn Sie es für nothwendig halten.«

»Nein, nein! Grospré sinkt jetzt zur völligen Bedeu-
tungslosigkeit herab; es ist nicht nothwendig, ihn zum Mit-
wisser zu machen.«

»Madame Valbrun muß von ihrem ländlichen Spaziergange zurück sein, ich entferne mich; es ist gut, daß sie
keinen Argwohn habe. — Also reinen Mund, tiefstes
Schweigen!«

Monsignon verläßt Madame Grospré und eilt zu
allen seinen Bekannten, denen er, natürlich unter dem Sie-
gel der Verschwiegenheit, seine Entdeckung erzählt. Es
versteht sich, daß er zu dem Gespräch, welches er zwischen
der hübschen Witwe und Martin belauscht hat, jedesmal
neue Zusätze macht.

Madame Grospré macht's ebenso, und ehe es Abend
wird, weiß die ganze Stadt, daß Madame Valbrun unter
einem großen Baume, an einem einsamen Orte mit dem
Bewohner des Spinathauses im geheimnißvollen Gespräch
gesehen worden sei.

Phöbe fügt hinzu, daß sich ihre Cousine unter einem
sehr schlauen Vorwande in den Besitz des Hausschlüssels
gesetzt habe. In welcher Absicht? Das war leicht zu errathen, da man wußte, daß die junge Witwe ein Verhältniß mit dem Fremden hatte. Welch' ein willkommener
Stoff zu Klatschereien und üblen Nachreden für alle diese
Damen, welche die Pariserin nicht leiden konnten, weil sie
einen feineren, zwangloseren Anstand hatte als sie.

O die Verleumdung! die Verleumdung! Basil hat
vollkommen Recht, und es gibt so viele Basile! Es ist sehr
traurig, aber wahr. Die Gesellschaft besteht, mit wenigen
Ausnahmen, aus zwei Theilen: der eine Theil findet seine

größte Freude an Klatschereien, der andere hört sie mit großem Vergnügen.

XXI.

Der Falschmünzer und der Mörder.

Als Clementine von ihrem Spaziergange nach Hause kam, wollte sie sogleich zu ihrer Cousine gehen, um ihr die Begegnung zu erzählen; aber sie besann sich und beschloß zu warten, bis das Gespräch wieder auf Martin gelenkt würde, um dann einen großen Theil der über ihn verbrei= teten Gerüchte zu widerlegen.

Es war Samstag; die gewöhnliche Abendgesellschaft versammelte sich bei Grospré, und schon vor der üblichen Stunde erschienen die Gäste schaarenweise. Man konnte auf allen Gesichtern lesen, daß man mehr Vergnügen als gewöhnlich erwartete und daß etwas Pikantes vorbereitet wurde. Die Damen wechselten bedeutungsvolle Blicke un= ter einander, nur die Männer hatten so ziemlich ihre ge= wohnte Haltung.

Dann steckte man die Köpfe zusammen und flüsterte sich ins Ohr:

»Ist sie noch nicht da?«

»Nein, aber sie wird bald kommen.«

»Hat sie Ihnen bei Tische nichts gesagt?«

»Sie ist nicht zu Tische gekommen; sie schützte Kopf= schmerzen vor und ließ sagen, sie würde nicht erscheinen.«

»Sie wird mit einem gewissen Herrn etwas genommen haben,« sagt Monsignon, sich die Hände reibend.

»O, wie boshaft!«

»Monsignon ist immer satyrisch! Er versteht sich auf das Durchhecheln.«

»Aber wenn sie nicht erschiene . . . wegen der Kopfschmerzen . . .«

»Doch, sie wird kommen; sie ließ mir's sagen, als ich ihr Thee schickte, den sie verlangt hatte.«

»Sie hat Thee verlangt? dann hat sie einen verdorbenen Magen,« sagt Postulant; »sie würde besser thun, von meinem Elixir zu nehmen.«

»Spielen wir nicht?« fragt Boulingriu.

»Madame Grospré,« bittet Mignonnette, »bringen Sie doch geschwind eine Partie für meinen Onkel zusammen, damit er uns in Ruhe läßt.«

»Ja, Sie haben Recht, ich will ihn mit meinem Manne auf Piquet stellen; die beiden Herren würden ohnehin von dem, was heute gesprochen werden wird, nichts verstehen. Ich glaube, daß sie hier die Einzigen sind, die nichts wissen . . .«

»O, ich habe meinem Onkel Alles erzählt! Aber wissen Sie, was er mir geantwortet hat?«

»Was hat er Ihnen denn geantwortet?«

»Flicke meine Strümpfe und kümmere Dich nicht um die Angelegenheiten Anderer.«

»O pfui! Diese Antwort wäre meines Mannes würdig . . . Wenn man sich nicht um die Angelegenheiten Anderer kümmerte, womit sollte man denn die müßigen Stunden ausfüllen?«

„Wer wird das Gespräch über den Eselsmann ein=
leiten?“ fragt Madame de Beaurivage.

„Natürlich Herr Monsignon,“ antwortet Phöbe;
„es kommt ihm von Rechtswegen zu; er hat ja Alles ent=
deckt.“

„Das ist wahr,“ fügt Madame Rifflard hinzu.
„Ueberdies erinnere ich mich noch des Muthes, den er
zeigte, als er in jener Schreckensnacht einen furchtbaren
Lärm hörte.“

„Und mit einer Feuerzange bewaffnet erschien!“ sagt
Dupétral lachend.

„Herr Dupétral, es ist doch besser, mit einer Feuer=
zange auszurücken, als im Bett zu liegen, statt die Feinde
zu besiegen.“

„Wer hat in Versen gesprochen?“ fragt der Poet,
näher tretend; „ich habe etwas gehört, was sich reimte.“

„Wir sagten, lieber Freund, daß Sie das Gespräch
auf den bewußten interessanten Gegenstand lenken werden.“

„Ja, ja, verlassen Sie sich nur auf mich. Ich werde
es fein und natürlich einfädeln. — Doch still! Da ist sie,
nehmen Sie sich in Acht!“

Madame Valbrun tritt in den Salon und begrüßt
die Gesellschaft mit der ihr eigenen Freundlichkeit und An=
muth; aber statt als Gegengruß die gewöhnlichen steifen
und gezierten Knixe zu erhalten, bemerkt sie auf allen Ge=
sichtern ein an offenen Hohn streifendes spöttisches Lächeln.

Sogar ihre Cousine, die gefühlvolle Phöbe, preßt die
Lippen zusammen und sagt ihr mit schalkhaft sein sollen=
dem Tone:

„Ei! Da sind Sie ja, Cousine. Ich war recht besorgt

um Sie; ich fürchtete, die Kopfschmerzen, von denen Sie nach Ihrem heutigen Spaziergange befallen wurden, könnten schlimmer werden ..."

"Ich danke Ihnen, aber Kopfweh ist keine Krankheit. Es wundert mich, daß Sie so besorgt gewesen sind, denn es ist nicht das erste Mal, daß ich an der Migräne leide."

"Ja, das ist wahr; jetzt erinnere ich mich, ich hatte es nicht beachtet; aber von jetzt an werde ich mir's merken."

"Madame ist vielleicht in der Sonnenhitze spazieren gegangen," sagt Madame Postulant höhnisch; "es ist sehr ungesund."

"Ich muß gestehen," antwortet Clementine, "daß es diesen Sommer nicht sehr heiß ist."

"Madame hat vielleicht im Schatten und auf feuchter Erde ausgeruht," fügt Madame Rifflard mit starker Betonung hinzu, um merken zu lassen, daß ihre Worte doppelsinnig sind.

Madame Valbrun hat den auffallend schnippischen Ton, den man gegen sie annimmt, sogleich bemerkt; sie erräth, daß man sie draußen im Gespräch mit Martin gesehen. Sie freut sich nun, daß sie zu Madame Grospré kein Wort von diesem Zusammentreffen gesagt hat; sie ist sehr neugierig, wie weit es die bösen Zungen treiben werden, und nimmt sich vor, auf Kosten der Schöngeister des Ortes einen Spaß zu haben.

Sie antwortet der Witwe Rifflard ganz unbefangen:

"Glauben Sie wirklich, Madame, daß es gefährlich sei, sich im Schatten zu setzen, wenn man erhitzt ist?"

»Ja wohl, ich glaube es. Aber vermuthlich gehen Sie doch nicht allein außerhalb der Stadt spazieren?«

»Warum nicht? Warum sollte ich nicht allein spazieren gehen?«

»Eine Dame ohne Begleitung kann gefährlichen Menschen begegnen — sie kann insultirt, sogar mißhandelt werden.«

»Ja, die Frau des Krämers ist zweimal beim Erdbeerenpflücken insultirt worden. Sie selbst hat es ihrem Manne erzählt,« fügt Monsignon hinzu.

»Dann wird sie wohl nicht mehr in den Wald gehen, um Erdbeeren zu pflücken,« lacht Dupétral.

»Ich habe nicht gehört, daß es hier in der Gegend gefährliche Menschen gebe,« erwiedert die junge Witwe; »ich gehe ohne die mindeste Besorgniß spazieren.«

»Man wird ja nicht blos von Räubern mißhandelt!« entgegnet die Apothekerin.

»Allerdings nicht,« sagt Monsignon; »wir haben Subjecte, die das Stehlen nicht zu ihrem Beruf machen und dessenungeachtet sehr gefährlich sind.«

»Es sind sogar die gefährlichsten,« fügt Phöbe hinzu, »weil man nicht auf der Hut ist — doch ich irre mich, wenn ich behaupte, man sei vor solchen Leuten nicht auf der Hut. Doch man ist auf der Hut, man widmet ihren geheimen Kunstgriffen die größte Aufmerksamkeit.«

Diese Worte scheinen der Gesellschaft ungemein zu behagen, bei Clementine hingegen erregen sie eine Lachlust, welche sie nur mit Mühe zu unterdrücken vermag.

»Da einmal von gefährlichen Leuten die Rede ist,« sagt der Poet höhnisch lächelnd, »so will ich erzählen, wer mir diesen Morgen begegnet ist. — O, ich habe heute Glück gehabt, ich habe viel Merkwürdiges gesehen. Ich kann mit Titus sagen, daß ich meinen Tag nicht verloren habe!«

»Lassen Sie hören, lieber Freund, wer ist Ihnen begegnet?«

»Die Dame, welche unser guter Liroquet schon gesehen hat.— dieselbe, die das Mirlitonlied sang. Ohne sie zu kennen, dachte ich sogleich: »Sie muß es sein!« Sie kennen doch das ziemlich erotische Lied, das sie auf der Straße sang —«

»Aha! die Dame, die zu dem Eselsmanne ging?«

»Ja, dieselbe. Sie begegnete mir früh Morgens; sie trug ein Päckchen unter dem Arme und ging zur Eisenbahnstation.«

»Sie kam vermuthlich von diesem — Martin?«

»Ohne allen Zweifel, und es ist sogar wahrscheinlich, daß sie daselbst übernachtet hatte. Das Päckchen, das sie trug, mußte Nachtzeug enthalten. Sie hatte einen sehr albernen Gang und schaukelte sich hin und her, als ob sie Cachucha tanzen wollte. Es war höchst drollig!«

»Sang sie wieder das Mirlitonlied?«

»Ich war zu weit entfernt, um es zu verstehen. Aber höchst wahrscheinlich trällerte sie, denn sie schien mehr zu tanzen als zu gehen.«

»Mein Gott!« seufzt Madame Rifflard, »wer wird uns von der Nachbarschaft dieses Mannes mit dem spitzen Hute befreien! Denn er zieht so garstige Menschen herbei. Und es ist höchst unangenehm für anständige Damen, mit Vetteln — ich will's nur gerade heraussagen — in nahe Berührung zu kommen.«

»Geduld, meine Damen, Geduld!« erwiedert Mon=
fignon; »ich habe Privatnachrichten aus Paris — von
Jemand, der immer sehr genau unterrichtet ist und die
wichtigsten Begebenheiten immer viel früher weiß,.als tie
Zeitungen.«

»Ei, der tausend!« sagt Dupétral; »es ist wohl gar
der Polizeipräfect?«

»Nein, der Polizeipräfect ist's nicht; aber man kann
auch Vieles wissen, ohne bei der Polizei zu sein —«

»Bleiben Sie doch bei der Sache. Monfignon. Was
sagen denn Ihre Berichte aus Paris?«

»Man suche einen Falschmünzer, der Viersousstücke
mit außerordentlicher Geschicklichkeit nachmacht, und nach
den eingezogenen Nachrichten, welche sich auf die genaue=
sten Erhebungen stützen. halte sich besagter Falschmünzer
in dieser Gegend und zwar in einer entlegenen Wohnung
verborgen, wo er sein verbrecherisches Gewerbe heimlich
betreibe . . .«

»Ach, mein Gott!« fällt ihm Madame Grospré ins
Wort, »diese Nachrichten scheinen anzudeuten, daß dieser
Falschmünzer kein Anderer ist, als der Bewohner des
Spinathauses.«

»Ich gestehe, daß ich mich dieses Gedankens ebenfalls
nicht erwehren konnte. Es gibt so viel Aehnliches zwischen
diesem Menschen und dem Verbrecher, den man sucht . . .«

»Ja. er ist's! es ist nicht zu bezweifeln . . . er muß
es sein! Der Mensch verkleidet sich, er versteckt sich hinter
seinem Bart und unter seinem Hut . . . erster Beweis!«

»Ferner,« fügt Madame Postulant hinzu, »ist es
nicht natürlich, daß ein noch junger Mann sich in seinen

vier Wänden versteckt und Niemand besucht, nachdem er in einer so hübschen Stadt wie die unsrige seinen Wohnsitz genommen.«

»Um sich so aufzuführen, müssen wichtige Gründe vorhanden sein.«

»Und die Fensterläden im Erdgeschoß, die er beständig geschlossen hält,« sagt Madame Rifflard. »Schließt man sich so vor der Welt ab, wenn man die Blicke der Polizei nicht fürchtet?«

»Und der Name Martin ist gewiß auch nicht der seinige. Ich möchte wetten, daß er der Falschmünzer ist, den man sucht.«

»Ach, mein Gott!« ruft Liroquet, an seine Tasche greifend, »ich habe vor vier Tagen ein Viersousstück bekommen ... habe ich's noch? Nein, ich habe es meiner Magd gegeben, die es ausgegeben haben wird. Aber wenn das Geldstück falsch ist, so bin ich compromittirt. — Hat Jemand hier Viersousstücke?«

Alle Anwesenden durchsuchen ihre Taschen und Niemand hat ein Viersousstück.

»Es scheint,« sagt Postulant, »daß er sie hier in der Gegend nicht in Umlauf setzt.«

»O, er ist vorsichtig,« sagt Monsignon. »Solche Leute geben ihr falsches Geld immer nur in einiger Entfernung aus. — Und kaum hier angekommen, kauft er den Esel. Aller Wahrscheinlichkeit nach wird das Falsche zu Esel verschickt, um weit von hier in Umlauf gesetzt zu werden. Warum sollte er sonst einen Esel halten?«

»Da fällt mir etwas ein!« sagt Madame Grospré haftig. »In jener Nacht, als er seinem Esel so eifrig nach-

setzte, hatte das Thier wahrscheinlich falsches Geld auf dem
Rücken . . .

»Dies muß die wahre Ursache des nächtlichen Wett=
rennens sein,« setzt Monsignon hinzu. »Sehen Sie nur,
wie sich Alles vereinigt, um uns zu erleuchten, wenn man
nur sucht. Fiat lux!«

»Ich begreife nur nicht,« sagt Dupétral, »daß ein
Falschmünzer mit der Fabrikation von Viersousstücken die
Zeit verliert und nicht wenigstens Franken macht.«

»Sie begreifen nicht, junger Mann, daß kleine Geld=
stücke leichter auszugeben sind als große. Und wer sagt
uns denn, daß er sich auf die Anfertigung falscher Vier=
sousstücke beschränke?«

»Aber Madame Valbrun hat uns ihre Meinung über
diese bedenkliche Sache noch nicht gesagt,« erwiedert Mon=
signon und wendet sich an die hübsche Pariserin, welche
die Geschichte von dem Falschmünzer mit der größten Ruhe
angehört hatte; »wir möchten aber doch wissen, ob sie mit
der unsrigen übereinstimmt.«

»Mein lieber Herr,« antwortet Clementine, eine ge=
heimnißvolle Miene annehmend; »ich kann Ihnen mehr
sagen, als meine Meinung; ich kann Ihnen Nachrichten
mittheilen, die ich ebenfalls aus Paris erhalten habe und
die mindestens eben so interessant sind wie Ihrigen. Ich
habe sie freilich nicht vom Polizeipräfecten; aber Sie haben
vollkommen Recht, man kann Vieles wissen, ohne bei der
Polizei zu sein.«

Der kleine Poet scheint sehr erstaunt, und die ganze
Gesellschaft erwartet mit lebhafter Neugierde, was die
Dame sagen wird. Clementine wirft einen forschenden

Blick auf den sie umgebenden Kreis, sieht alle Hälse ge=
streckt, alle Ohren gespitzt, und nachdem sie sich an diesem
Anblick geweidet, fügt sie mit dem größten Ernst hinzu:

»Zu Paris im Quartier Mouffetard erfuhr unlängst
ein Mann, daß ein Freund von ihm drei Franken und
fünfzehn Centimen im Spiel gewonnen; er begab sich mit
einem Revolver bewaffnet zu seinem Freunde und sagte
zu dem glücklichen Spieler: »Gib mir deine drei Franken
und fünfzehn Centimen, oder ich schieße Dich todt!«— Der
Freund wollte ihm das Geld nicht geben, und der Andere
erschoß ihn. Der Knall lockte zwei Nachbarn herbei — er
erschoß sie mit seinem Revolver. Er ging fort, begegnete
dem Hausmeister — und erschoß ihn. Und auf der Straße
feuerte er noch auf einen Lumpensammler. Dann entwischte
er. Aber man brachte die ganze Polizei auf die Füße, um
ihn aufzufinden, und endlich machte man die Entdeckung,
daß er sich in dieser Gegend versteckt halte und ein entle=
genes Haus bewohne. Man ermittelte auch, daß er einen
Esel gekauft habe, höchst wahrscheinlich um Reißaus zu
nehmen, wenn man kommen wird, um ihn festzunehmen.«

Gegen das Ende der Erzählung sind die Gesichter
lang geworden, Monsignon sieht verdrießlich aus, denn
die Gesellschaft kann nicht verkennen, daß sich Madame
Valbrun über sie lustig macht. Madame Rifflard allein
nimmt die Sache für Ernst und erwiedert in ihrem Eifer:

»Dann ist dieser Martin also nicht nur ein Falsch=
münzer, sondern auch ein Mörder!«

»Nicht wahr, Madame?« versetzt Clementine lächelnd.
»Und wenn man sich die Mühe nähme, recht zu suchen,
würde man vielleicht noch mehr finden.«

Aber die Gesellschaft läßt sich durch Madame Riff=
lard nicht irreführen. Man sieht, daß die Geschichte nur
eine Fopperei war, und schweigt, nur Monfignon sagt nach
einer Weile:

»Ich glaube, daß es nicht nothwendig ist, länger bei
diesem Gegenstande zu verweilen. Wir wollen den Ver=
lauf der Begebenheiten abwarten.«

»Madame Valbrun hat Sie tüchtig gefoppt!« flüstert
Dupétral dem Poeten zu.

»Das ist möglich, aber sie möge sich in Acht nehmen!
Es soll ihr theuer zu stehen kommen!«

XXII.

Der Rabe saß auf einem Baum.

Clementine hatte anfangs nicht die Absicht, wieder
allein in der Nähe von Martin's Wohnung spazieren zu
gehen, obgleich sie dieser dringend darum gebeten hatte;
sie hatte gemeint, der Fremde könne dann mit Recht den=
ken, daß es ihr große Freude machen werde ihn wieder zu
sehen, und obwohl — oder eben weil es die Wahrheit
war, sollte er es nicht merken. Aber nach der letzten Abend=
gesellschaft, wo die ganze Versammlung sie zu ärgern
suchte, nach der abgeschmackten Geschichte von dem Falsch=
münzer, dachte die junge Witwe:

»So! man findet es unanständig, daß ich mit dem
Fremden spreche! Man erzählt die abscheulichsten Dinge
von ihm, um mich zu beschämen, daß ich seine Bekannt=

schaft gemacht! Nun will ich diesen Herren und Damen zeigen, wie wenig Werth ich auf ihr albernes Geschwätz lege, und ich gehe wieder zu dem großen Baum, an welchem mein Hut hangen geblieben war. Herr Martin wird mir gewiß begegnen und ich will wieder mit ihm plaudern, wär's auch nur, um allen diesen Leuten, welche die harmlosesten Handlungen übel deuten, einen Aerger zu machen.«

Zwei Tage nach der letzten Abendgesellschaft verläßt Clementine gegen ein Uhr Nachmittags allein das Haus ihrer Cousine; statt ein Buch nimmt sie ihre Stickerei und geht an der Seite, wo sich die Wohnung des Fremden mit dem spitzen Hut befindet, zum Städtchen hinaus.

Die junge Pariserin geht langsam, ohne sich umzusehen und ohne zu ahnen, daß Monsignon ihr von weitem folgt. Der kleine Poet hat seit zwei Tagen vor Grospré's Hause Schildwache gestanden und verzehrt sein Frühstück auf der Straße, um Madame Valbrun nicht zu verfehlen.

Kaum ist Clementine an dem Landhause vorübergegangen, so hört sie ganz nahe hinter sich Schritte, und bald sagt eine Stimme, welche sie sogleich erkennt, weil sie zu ihrem Herzen spricht, ziemlich leise zu ihr:

»Wie freue ich mich, Madame, daß der Zufall Sie wieder in meine Nähe geführt hat! Ich hoffte es nicht, aber ich bat den Himmel, er möge Ihnen anderswo keine angenehmeren Spaziergänge bieten.«

»Sie haben Recht, Herr Martin, es ist Zufall — doch nein, ich will nicht lügen, ich bin sehr aufrichtig. Ich bin hierher gegangen, weil ich dachte, Sie würden mir begegnen, und weil ich Sie wieder zu sprechen wünschte, um Ihnen zu sagen, was man Neues über Sie schwätzt.«

»Wenn dies der Grund ist, dem ich Ihre Anwesen= heit verdanke, Madame, so bin ich den Schwätzern, welche sich mit meiner Wenigkeit immer noch beschäftigen, sehr verbunden.«

»Sie danken den Schwätzern! Sie wissen ja nicht, was für Abscheulichkeiten sie von Ihnen erzählen.«

»Desto besser, Madame, es wird um so unterhalten= der sein.«

»Es ist wirklich so fürchterlich, daß es komisch wird.«

»Sie sind sehr gütig, Madame, daß Sie mich fort= während mit meinem Thun und Lassen bekannt machen.«

»Aber ich plaudere nicht gern stehend; wenn Sie Zeit haben, mir zuzuhören, Herr Martin, so wollen wir uns auf unsere Rasenbank von neulich setzen.«

»Ob ich Zeit habe? — Ach, Madame, die Zeit, welche man in Ihrer Gesellschaft zubringt, ist ja die glücklichste!«

»Ich bin nicht gekommen, mein Herr, um mir solche Dinge von Ihnen sagen zu lassen.«

»Das ist wohl wahr, aber Sie können mir nicht weh= ren, sie zu denken und die Gelegenheit zu benützen, meine Gedanken auszusprechen.«

»Wir wollen uns setzen.«

»Ich stehe zu Befehl, Madame.«

Madame Valbrun hat mit ihrem neuen Bekannten den großen Baum erreicht und Beide nehmen am Fuße desselben auf der Rasenbank Platz. Clementine erzählt nun dem bärtigen Herrn, was sich in der Abendgesellschaft bei ihrer Cousine zugetragen; sie wiederholt ihm auf das Ge=

naueste Alles, was man von ihm gesagt hat. Der junge Mann lacht herzlich und erwiedert:

»Ha, ha! ein Falschmünzer bin ich! Zehnsousstücke fabriciere ich! — Aber mich dünkt doch, daß man mir einen großartigeren Geschäftsbetrieb hätte zutrauen sollen — wenn man einmal von falschem Gelde spricht, könnten's doch wenigstens Zweifrankenstücke sein!«

»Das sagte auch ein junger Mann, der nicht so albern und bösartig ist, wie die übrige Gesellschaft. — Aber hören Sie nur, was ich den Schwätzern geantwortet.«

Der sogenannte Martin lacht noch lauter, als er hört, was für haarsträubende Verbrechen ihm die junge Dame in die Schuhe geschoben. Dann erwiedert er:

»Aber warum machen sich denn diese Leute immer mit mir zu thun?«

»Weil Sie sich nicht mit ihnen zu thun machen.«

»Warum nahm man eine höhnische Miene an, als man mit Ihnen sprach?«

»Weil man erfahren haben wird — ich weiß nicht wie und durch wen — aber gewiß wird man erfahren haben, daß ich mit Ihnen gesprochen.«

»Dann habe ich Sie compromittirt, Madame.«

»Ist's denn Ihre Schuld, wenn mein Hut davonfliegt? Sie sind sehr gefällig gegen mich gewesen, und Sie können überzeugt sein, daß ich weit entfernt bin, Ihnen darob zu zürnen, ich bin Ihnen sehr dankbar dafür.«

»Es würde mir unendlich leid thun, wenn ich Ihnen den mindesten Verdruß verursachte.«

»Verdruß! Im Gegentheile, alle diese Histörchen gewähren mir viel Unterhaltung und vertreiben mir die

Zeit; sie kamen wie gerufen, denn ich fing schon an mich bei meiner Cousine Grospré zu langweilen und dachte schon an meine Rückreise nach Paris.«

»Wie, Madame, Sie wollten uns schon verlassen! — O, bleiben Sie noch, der Aufenthalt würde hier zu traurig werden, wenn man nicht mehr hoffen dürfte, Sie wieder zu sehen.«

»Herr Martin, erlauben Sie mir, Ihre Worte nicht für Ernst zu nehmen. Es ist ja zu kurze Zeit, daß wir mit einander sprechen — merken Sie wohl, ich sage nicht, daß wir uns kennen, denn eine zufällige Begegnung, die ein zweimaliges Gespräch zur Folge hat, ist noch keine Bekanntschaft. Meine Abwesenheit kann Ihnen also nicht den mindesten Verdruß machen.«

»Verzeihen Sie, Madame, wenn ich Ihnen antworte, daß Sie sich irren. Es bedarf keines öftern Wiedersehens, keiner langen Bekanntschaft, um sich hingezogen zu fühlen zu einem Wesen, das man lieben muß. So verstehe ich wenigstens die Liebe.«

»Dann lieben Sie sehr schnell!«

»Ja, Madame, ich glaube, daß man sogleich gefallen muß, oder nie gefallen wird.«

»Und Sie glauben, daß eine Frau auch bei der ersten Begegnung lieben müsse, ohne zu wissen, ob der Gegenstand ihrer Zuneigung, ihrer Achtung und ihres Vertrauens würdig; ohne zu wissen, was er treibt, was er ist!«

Der bärtige Herr lächelt und schweigt einige Augenblicke, dann erwiedert er:

»Ich gestehe, Madame, daß meine Lebensweise an diesem Orte . . . etwas originell scheinen mag . . .«

»Ja wohl! Sie können denken, daß ich nicht alle Begriffe der hiesigen Einwohner theile, daß ich kein Wort von den über Sie verbreiteten Verleumdungen glaube, — ich habe ja darüber gelacht.«

»Ich bin Ihnen sehr dankbar dafür.«

»Aber es ist doch nicht zu verkennen, daß Ihre Art zu leben und sich zu kleiden von dem Gewöhnlichen, Hergebrachten abweicht. Sie haben jede Berührung mit den Notabilitäten des Ortes sorgfältig vermieden.«

»Herr Frémont kennt mich.«

»Ja wohl, aber es scheint, daß Herr Frémont auch nicht will, daß man Sie kenne, denn er hat den Leuten, die sich nach Ihnen erkundigten, ins Gesicht gelacht. Ueberdies ist Herr Frémont fast immer in Paris und kommt nicht zu meiner Cousine.«

»Ist es denn einem Menschen nicht vergönnt, auf dem Lande zu wohnen, um ein bißchen Einsamkeit zu genießen?«

»Einsamkeit! Sie sind ja keineswegs ein Einsiedler. Sie meiden die Ortsbewohner, dafür aber kommen Besuche auf der Eisenbahn an . . . unter Andern eine Dame, die auf dem Wege zu Ihnen das Mirlitonlied sang.«

Der junge Mann bricht in ein lautes Gelächter aus.

»Ha! ha! Das ist Malvina,« erwiedert er. »Daran erkenne ich sie. Es ist ihr nicht möglich, zwei Minuten zu leben, ohne zu singen.«

»Diese Madame Malvina scheint sehr lustig zu sein.

Man sagt auch, sie habe ein Benehmen . . . ich weiß nicht, wie ich mich ausdrücken soll . . .«

»Wie eine Grisette?«

»O, viel schlimmer. Es gibt recht artige, anmuthige Grisetten; aber Ihre . . . Dame scheint sich doch etwas zu sehr emancipirt zu haben.«

»Wer hat Ihnen denn über die arme Malvina so gründliche Auskunft ertheilt?«

»Herr Monsignon . . . sie ist ihm begegnet und auf= gefallen.«

»Aha, der kleine Herr, der ein so geistreiches Epi= gramm auf mich und meinen Esel gemacht hat. Ich muß dem Männlein wirklich einen Denkzettel geben.«

Hier entsteht in den oberen Baumzweigen ein ziemlich starkes Rauschen des Laubes, aber die plaudernden Per= sonen beachten es nicht.

»Madame, verzeihen Sie mir, daß ich Sie mit mei= nen Bitten bestürme,« fährt der junge Mann fort. »Aber ich bitte Sie, reisen Sie noch nicht ab, verlassen Sie diesen Ort noch nicht; denn ich fühle, daß ich dann nicht mehr hier bleiben könnte, und daß der ganze Zweck meines Hier= seins verfehlt sein würde!«

»Ich fand den Aufenthalt bei meiner Cousine schon herzlich langweilig,« erwiedert Clementine; »aber die Hi= störchen, die man von Ihnen erzählt, sind so unterhaltend, daß ich mich nicht mehr langweile; ich habe also keinen Grund mehr meine Abreise zu beschleunigen. Ich bleibe . . . aber Sie dürfen nicht glauben, daß ich mich durch Ihre Bitten zum Hierbleiben bewegen lasse.«

»O nein, Madame, ich verspreche Ihnen, daß ich's nicht glauben will . . .«

»Ueberdies erkläre ich Ihnen nochmals, daß ich Ihre Worte nicht für Ernst nehme . . . Sie suchen auch Zerstreuungen, das ist ganz natürlich.«

»O nein, Madame, deshalb habe ich dieses einsame Landhaus nicht gemiethet. Ich will arbeiten, viel arbeiten, was mir in Paris nicht möglich war, man hat dort zu viel Zerstreuungen.«

»Aber wenn man auf dem Lande wohnt, um zu arbeiten,« entgegnet Clementine, »so empfängt man keine Besuche von Damen, die unaufhörlich singen . . .«

»Wenn ich aber ohne diese Dame nicht arbeiten kann?«

»Wirklich! Deshalb also hat sie in Ihrem Hause übernachtet? Deshalb ist sie . . .«

»Malvina soll in meinem Hause übernachtet haben! Nein, Madame, ich gebe Ihnen mein Wort, daß es nicht wahr ist. Wer hat sich unterstanden, das zu sagen?«

»Ebenfalls Herr Monfignon. Er hat gesehen, daß die — Dame früh Morgens mit einem Kleiderpacket unter dem Arme aus Ihrem Hause gekommen ist.«

»Der Mensch ist ein schändlicher Lügner. Er treibt's wahrlich zu arg — er verdient, daß ich ihn tüchtig durchprügle, daß ich ihn an den Schweif meines Esels binde! O, ich verspreche Ihnen . . .«

Der bärtige junge Mann wird durch einen von den leeren Baumzweigen herabfallenden schweren Gegenstand unterbrochen. Der den Gesetzen der Schwere unaufhaltsam folgende Körper streift ihm die Schultern und sinkt auf den

Nasen hinter ihm und Madame Balbrun zusammen. Diese schreit erschrocken auf — sie und ihr Nachbar sehen sich nach dem Gegenstande um, der sie in seinem Sturze fast

schmettert hätte, und Clementine erkennt den kleinen Poeten, der wie ein Igel zusammengerollt auf der Erde liegt, aber die Hand auf's Gesicht hält und ächzt:

»Ach, mein Himmel! ich habe mir die Nase abgeschunden und ein Ohr zerrissen — und mein Paletot ist auch zerrissen!«

Einige Worte werden genügen, um den Unfall, der dem Männlein zugestoßen, zu erklären. Als er gesehen, daß die hübsche Pariserin ihren Weg zu dem Landhause nahm, hatte er gedacht: »Der Eselsmann wird sie kommen sehen, er wird ihr nacheilen und sie werden sich wieder unter den Nußbaum setzen; aber wie soll ich mich ihnen ungesehen nähern? Und wenn ich nicht in der Nähe bin, wie kann ich hören, was sie mit einander sprechen?«

Plötzlich kommt ihm ein Gedanke; er nimmt einen Umweg und läuft aus Leibeskräften, um früher als Madame Balbrun und unbemerkt den Nußbaum zu erreichen. Als er an Ort und Stelle ist, erinnert er sich der gymnastischen Uebungen, die er in seiner Jugend gemacht, er umklammert den Baum mit den Armen und klettert mit ziemlicher Behändigkeit hinauf. Er wählt einen starken, dichtbelaubten Ast, der gerade über der Rasenbank ist. — »Jetzt,« denkt er, »mögen sie kommen und plaudern; die Töne der Stimmen steigen zu mir auf und ich kann unbemerkt Alles hören. Ich muß gestehen, daß ich ein köstliches Mittel ersonnen habe und daß ich ein grundgescheidter Kerl bin.«

Aber der Horcher bemerkte bald, daß man auf einem Baumaste nicht so bequem sitzt wie in einem Lehnstuhle. Er suchte von Zeit zu Zeit eine andere Stellung anzunehmen; aber als der junge Mann mit dem spitzen Hute von einem ihm zugedachten Denkzettel sprach, konnte er eine Bewegung des Schreckens nicht unterdrücken, daher das Rauschen im Laube. Und als der Fremde nun gar erklärte, er werde ihn an den Schweif seines Esels binden, vergaß er die beschränkten Raumverhältnisse seines Sitzes, fuhr in seinem Schrecken empor, verlor das Gleichgewicht und fiel, wie wir gesehen, beinahe auf Martin's Schultern. .

»Wer ist das?« fragt der junge Mann und betrachtet den kleinen Herrn, der so eben vom Himmel — oder wenigstens von dem zum Himmel führenden Wege herabgefallen ist.

»Wer das ist?« erwiedert Clementine, die sich inzwischen von ihrem Schrecken erholt hat und nun herzlich lacht über die klägliche Figur, welche Monsignon mit seiner gequetschten Nase und mit seinem geschundenen Ohre macht. »Es ist Herr Monsignon.«

»Derselbe, von dem wir so eben sprachen?«

»Ja wohl.«

»Wahrhaftig, mein Herr, Sie haben eine sonderbare Art sich vor — oder vielmehr hinter den Leuten zu präsentiren! Wissen Sie wohl, daß Sie diese Dame schwer verletzen konnten?«

»Glauben Sie denn, ich hätte es absichtlich gethan? Ich konnte mir ja auch den Hals brechen, und das war keineswegs meine Absicht.«

»Aber was haben Sie denn auf diesem Baume ge=
macht? Denn von dem Baume sind Sie herabgefallen.«

»Ich war hinaufgestiegen — um Nüsse zu pflücken.«

»Sie scherzen! Die Nüsse sind noch lange nicht reif.«

»Ich bin ein Freund von grünen Nüssen — ich mache
einen magenstärkenden Liqueur daraus.«

»Was sagen Sie dazu, Madame?« fragt Martin,
sich zu Clementine wendend.

Diese antwortet lächelnd:

»Ich denke, man soll dieses Geheimniß nicht zu er=
gründen suchen. Wenn dieser Herr, wie zu vermuthen, auf
den Baum geklettert ist, um unser Gespräch zu belauschen,
so finde ich, daß er für seine schmähliche Handlung hin=
länglich bestraft worden ist, und ich hoffe, daß er sich's zur
Warnung wird dienen lassen.«

Monsignon, der mit einiger Mühe aufgestanden ist,
wischt die Erde von seinen Kleidern und erwiedert:

»Wie! Madame, Sie könnten glauben, daß ich aus
Neugierde . . . o nein, Sie irren sich, ich versichere . . . o,
meine Nase!«

»Mein Herr,« sagt der junge Mann mit ernstem
Tone; »ich weiß nicht, ob Sie aus Neugierde oder aus
einem andern Grunde auf diesen Baum geklettert sind;
aber ich weiß, daß Sie sich, seitdem ich hier wohne, unauf=
hörlich mit mir zu thun machen. Es gibt keine Albernhei=
ten, keine Verleumdungen, keine Lügen, die Sie nicht über
mich verbreitet; Sie haben sogar ein Spottgedicht auf mich
gemacht, in welchem Sie versichern, daß Sie mir etwas
verwehren wollen . . . aber der Vers sagt nicht, was Sie
meinen. — Es ist Zeit, daß dieser Unfug ein Ende nehme,

mein Herr, und ich gebe Ihnen hier das Versprechen, daß ich Sie, sobald Sie wieder eine Lüge über mich erzählen, an den Schwanz meines Esels binden und durch Ihr Städtchen schleppen werde, wie in jener Nacht, wo er Ihnen einen so großen Schrecken einjagte ... und wo ich nebst meinen Freunden das Vergnügen hatte, über Sie hinwegzuspringen.«

Monsignon wird roth, gelb, aschgrau.

»Mein Herr ...,« stammelt er, »so etwas sagt man wohl ... aber man thut's nicht ... es ist nur Scherz.«

»Nein, ich spreche in vollem Ernst. Wenn Sie aber statt dieses gezwungenen Trabes am Schwanze meines Esels ein Duell auf Degen oder Pistolen wünschen, so stehe ich zu Diensten, und es wird mir zum besondern Vergnügen gereichen, Ihren Wunsch zu befriedigen. — Antworten Sie, ziehen Sie dies vor?«

Monsignon wird nun todtenbleich; er drückt seinen Strohhut auf die Augen und entfernt sich schnell mit den Worten:

»Nein, nein! ... Ein Duell ist gegen meine Grundsätze ... ich verabscheue die Duelle. Ich soll mich schlagen! das fehlte noch!«

Monsignon ist fort. Clementine lacht recht herzlich über die Zaghaftigkeit des Männleins; nach einer kleinen Weile reicht sie ihrem neuen Bekannten die Hand und sagt zu ihm:

»Leben Sie wohl, Herr Martin. Wir werden den bösen Zungen des Städtchens wieder viel zu thun machen.«

„Was sagen Sie, Madame? Wir scheiden hoffentlich nur auf kurze Zeit ... auf baldiges Wiedersehen also?"

„Nun ja, auf Wiedersehen!"

XXIII.

Eine enttäuschte Gesellschaft.

„Dieser junge Mann scheint ein echter Sausewind zu sein!" sagt Clementine zu sich, als sie zu ihrer Cousine zurückkehrt; „aber er ist doch recht liebenswürdig. — Mein Gott! wenn ich ihn liebte! — O, welche Idee! ein Mann, der nicht sagen will, was er ist und was für einen Beruf er hat! Ich glaube indeß, daß er eben im Begriff war, sich in Betreff dieser ... Malvina zu erklären, als der kleine garstige Mensch vom Baum und uns beinahe auf die Köpfe fiel."

So hängt Clementine ihren Gedanken nach, die immer um einen einzigen Gegenstand kreisen, und noch ehe sie nach Hause kommt, fährt sie in ihrem Selbstgespräch fort:

„Im Grunde habe ich mich mit Valbrun verheiratet, weil er ein sehr verständiger, gesetzter junger Mann war und ganz roth wurde, wenn er mich ansah ... und Gott weiß, daß ich nie Ursache hatte, mir zu meiner Wahl Glück zu wünschen. Aus dem Lamm wurde ein Wolf. — Dieser so originelle junge Mann wird vielleicht sehr gesetzt, wenn er verheiratet ist ... so gesetzt, wie nur ein Mann sein kann, denn das Unmögliche muß man nicht verlangen."

Madame Grospré lächelt höhnisch, als sie ihre Coufine von dem Spaziergange zurückkommen sieht; aber sie richtet keine Frage an sie, denn sie denkt: Monsignon wird sie beobachtet haben, und von ihm werden wir diesen Abend bei Madame Rifflard erfahren, was vorgegangen ist. Meine Pariserin geht nicht in die Gesellschaft, wir können daher ganz ungestört plaudern.

Es war wirklich Abendgesellschaft bei der Viermännerwitwe. Madame Valbrun ging nicht hin, weil der Tritschtratsch hier noch unverdaulicher war, als bei Grospré. Es gab hier so rüstige Schwätzer, daß man den Anwesenden eines Abends der Reihe nach das Wort geben mußte.

Madame Rifflard ruft der eintretenden Phöbe entgegen:

»Nun, gibt's etwas Neues! Ist sie heute ausgegangen?«

»Ja, sie ist um die Mittagszeit allein ausgegangen; sie ist sogar ziemlich lange ausgeblieben, und als sie nach Hause kam, sah sie sehr aufgeregt aus . . .«

»Es ist ganz natürlich; sie hatte vermuthlich mit ihrem Geliebten gesprochen.«

»Wir werden bald erfahren, was vorgegangen ist. Monsignon stand auf der Lauer . . . er hat geschworen, er werde sich rächen für die höhnische Antwort, die sie ihm neulich Abends gegeben. Ich hoffe, daß er uns diesen Abend sagen wird, was unsere Pariserin heute außer dem Hause gemacht hat.«

»O, wenn er doch bald käme, der liebe Monsignon! Er ist für die Gesellschaft unersetzlich.«

»Mich dünkt, daß er sich verspätet.«

»Ja wohl, es ist schon acht Uhr vorüber.«

»O, er wird gewiß bald kommen, er bleibt nie aus. Er will sich herbeisehnen lassen, der Gefallsüchtige!«

»Er kann wohl denken, daß man ihn diesen Abend noch mehr als sonst herbeisehnt.«

»Ha! ich höre die Thürklingel. Das ist er gewiß!«

Alle Augen wenden sich der Salonthür zu, und es erscheint — Liroquet.

Der Hagestolz wird mit mürrischen Gesichtern empfangen, so sehr ärgert man sich, daß es der geliebte Poet nicht ist. Ueberdies hatte der alte Junggeselle in der Achtung der Damen bedeutend verloren, seitdem man wußte, daß er in der Nacht mit Haube und Schürze seiner Haushälterin auf die Straße gegangen war.

Eine halbe Stunde verstreicht noch, und Monsignon erscheint nicht. Das Erstaunen hat den höchsten Grad erreicht; bald gesellt sich die Besorgniß dazu.

»Er muß krank sein, sonst würde er diesen Abend gewiß kommen. Es muß ihm etwas zugestoßen sein,« sagt endlich Madame Rifflard, ihrem gepreßten Herzen Luft machend. Ich will meinen Hausmeister zu ihm schicken.«

Aber in dem Augenblicke, als sie sich entfernen will, um ihre Befehle zu ertheilen, thut sich die Salonthür auf und die Hausmagd meldete, Herrn Monsignon.«

Der kleine Mann erscheint. Aber Niemand würde ihn erkannt haben, wenn er nicht gemeldet worden wäre. Auf den ersten Anblick scheint er einen Helm zu tragen. Sein ganzer Kopf ist in schwarzen Taffet gepackt; überdies trägt er eine breite Binde von demselben Stoffe auf der Nase, so daß sein Gesicht in zwei Hälften getheilt ist. Endlich schleppt er sich mühsam und hinkend fort.

Er wird mit einem allgemeinen Ruf des Bedauerns empfangen.

»Ach, mein Gott! Was fehlt Ihnen denn, Monsignon? Was ist Ihnen geschehen? Wer hat Sie in diesen Zustand versetzt? — Haben Sie ein Duell gehabt? Ja wohl, es ist nicht zu bezweifeln, er wird sich mit diesem . . . Martin duellirt haben. Dieser verdächtige Mensch wird ihm — wahrscheinlich hinterlistigerweise — eins versetzt haben.«

»Aber er hat seine Wunden doch nicht im Rücken!« sagt Dupétral.

»Meine Herren!« ruft Madame Rifflard mit gehobener Stimme und tragischer Haltung. »ich bin der Meinung, daß diesem Banditen das Handwerk gelegt werden muß. Wir wollen insgesammt bei dem Bürgermeister Klage führen und unsern armen Freund auf die Mairie tragen. Er scheint kaum gehen zu können.«

Einige Personen sind schon aufgestanden; aber Monsignon, der inzwischen seine Nasenbinde aufgehoben hat, um sich zu schneuzen, ruft ihnen verdrießlich zu:

»Was wollen Sie machen? Thun Sie mir doch den Gefallen, sich ruhig zu verhalten! — Warum wollen Sie zum Bürgermeister gehen? Was wollen Sie dort thun? was zu ihm sagen? Gar nichts, denn Sie wissen nichts. — Beklage ich mich denn? Habe ich Ihnen denn gesagt, daß Martin mich verwundet habe? Ich habe es Ihnen nicht gesagt, ich erkläre Ihnen sogar, daß ich es sehr unschicklich finde, ihn einen Banditen zu nennen. Warum nennen Sie ihn einen Banditen? Auf welche Thatsachen gründen Sie diese Anklage?— Wenn er das wüßte — und es ist sehr möglich, daß er's erfährt— wenn er Sie verklagte, einen Verleumdungsprozeß, eine Klage wegen Ehrenbeleidigung gegen Sie anhängig machte . . . was würden Sie dann antworten? Sie würden die Gerichtskosten bezahlen und Ihre wohlverdiente Strafe empfangen.«

Alle Anwesenden sehen einander erstaunt an. Man mag kaum seinen Ohren trauen: jetzt nimmt der kleine Poet den Eselsmann, den er sonst immer so heftig angegriffen, eifrig in Schutz. Aber die Drohungen des Fremden hatten gewirkt. Der Ton, mit welchem er Monsignon erklärt hatte, er werde ihn an den Schwanz seines Esels binden, wenn er sich nicht lieber mit ihm duelliren wolle, hatte auf den Poeten einen so gewaltigen Eindruck gemacht, daß er mit einer furchtbaren Kolik nach Hause gekommen war, und sein auffallend spätes Erscheinen bei Madame Rifflard war eine Folge der mit dieser Unpäßlichkeit verbundenen häufigen Anwandlungen von Schwäche.

»Lieber Monsignon,« sagt endlich Madame Rifflard, »Sie setzen uns in das größte Erstaunen. Wir wissen nicht, was wir von Ihrer so plötzlich veränderten Sprache denken sollen. Wir haben den Fremden einen Banditen genannt, weil Sie selbst die schwersten Anklagen gegen ihn erhoben haben; Sie haben ihn einen Falschmünzer genannt . . .«

»Ich! Gott bewahre, das ist nicht wahr, das habe ich nicht gesagt!«

»Alle hier Anwesenden haben es gehört.«

»Dann haben alle Anwesenden falsch verstanden. Ich habe gesagt: In Paris setzt Jemand falsche Viersousstücke in Umlauf. Das hatte nicht den mindesten Bezug auf Herrn Martin.«

»Aber Herr Monsignon,« entgegnet Phöbe, welche durch das Läugnen des Poeten ungeduldig zu werden begann; »Sie werden doch nicht in Abrede stellen, daß Sie diesen Mann beschuldigt haben, er habe in der Nacht, wo Sie aufstanden und, zu den Waffen rufend, die Straßen durcheilten, unsere Stadt plündern und in Brand stecken wollen?«

»Ich, Madame! ... Wenn ich das gethan habe, so wollte ich nur einen Spaß machen, eine komische Scene auf= führen. Sie nahmen die Sache für Ernst, und das hat mir eine köstliche Unterhaltung verschafft.«

»Und als der Esel über Sie hinwegsetzte, und als Sie der Länge nach auf dem Straßenpflaster lagen?«

»Das war so verabredet.«

»Verabredet mit dem Esel?«

»Nein, mit den jungen Leuten.«

»Aber Eines werden Sie doch nicht läugnen,« erwie= dert die Witwe Rifflard; »Sie haben uns vor zwei Tagen erzählt, daß Sie Madame Valbrun und Herrn Martin in traulichem Gespräch unter einem Baum gesehen; daß Sie gehört, wie die Beiden sehr zärtliche, auf die intimsten Beziehungen deutende Dinge mit einander gesprochen.«

Monsignon war in Verlegenheit; er hätte sich gern am Ohr gekratzt, aber er kratzt nur seine schwarze Kopf= binde; endlich antwortet er:

»Ich soll Madame Valbrun unter einem Baume ge=

sehen haben?... Entschuldigen Sie, das ist ... ja doch, ich erinnere mich ... ich glaubte anfangs, es sei die hübsche Witwe, aber sie war es nicht, ich hatte mich geirrt. Ich habe nachher erfahren, es sei eine andere Dame... von Paris gewesen, die mit Herrn Martin gesprochen.«

„Aber heute noch,« wirft Phöbe ein, „heute noch standen Sie auf der Lauer. Meine Cousine ist ausgegangen; Sie müssen wissen, wohin sie gegangen ist, und ob sie eine Zusammenkunft gehabt hat.«

„Ich, Madame, soll Ihre Cousine belauert haben!... Was denken Sie denn? Glauben Sie etwa, ich hätte Zeit, auf der Lauer zu stehen? Das wäre eine hübsche Beschäftigung für einen Gelehrten!... Gott sei Dank, ich habe andere Dinge im Kopfe!«

„Aber Sie waren ja doch schon in der Früh auf der Straße meiner Hausthür gegenüber, in einem Winkel versteckt ... was machten Sie denn da?«

„Ich machte Verse, Madame. Ich dichte überall, wo ich mich befinde, auf der Straße, wie anderswo.«

Die ganze Gesellschaft schweigt; man ist durch Monsignon's Antworten ganz verblüfft worden. Nach einer kleinen Weile jedoch sagt Postulant zu ihm:

„Was haben Sie denn am Kopfe und im Gesichte? Sie haben sich ja ganz in Taffet gehüllt.«

„Ich bin gefallen — ja, auf meiner Treppe ausgeglitten. Ich verfehlte eine Stufe — dann zwei — dann vier — und so habe ich mir den Kopf stark verletzt und die Nase geschunden.«

„Nicht möglich! Nehmen Sie doch von meinem Elixir!«

»Ich bin ganz krank davon geworden — ich will nach Hause gehen und mich zu Bett legen — ja, ich muß mich beeilen —«

Der kleine Mann nimmt kurzen Abschied von der Ge= sellschaft und verläßt, sich den Bauch haltend, eilends den Salon.

Die Gesellschaft ist im höchsten Grade enttäuscht. Man hatte Klatschereien, pikante Berichte über Clementi= nens Promenade erwartet, und statt dessen tritt Monsig= non als Vertheidiger Martin's auf und läugnet die mei= sten von ihm selbst erzählten Thatsachen.

»Das geht nicht mit rechten Dingen zu,« sagt Ma= dame Grospré. »Er muß beim Fallen von' der Treppe einen' Sprung in der Hirnschale bekommen haben, wie könnte er sonst Alles, was er gesagt, vergessen haben!«

»Ich habe eine andere Idee,« sagt Dupétral.

»Lassen Sie Ihre Idee hören.«

»Herr Martin wird die Klatschereien Monsignon's erfahren und ihm heute einen Denkzettel geschrieben haben, der unsern Poeten in diesen höchst betrübten Zustand versetzt hat, und er hat ihm wahrscheinlich einen zweiten versprochen, falls er seine Klatschereien wieder anfinge.«

»Ja, ja, das muß es sein!« ruft man von allen Sei= ten. »Monsignon hat Prügel bekommen!«

Und einige der Anwesenden fügen leise hinzu: »Es ist ihm recht geschehen!«

XXIV.

Die Kunstreiterin.

Acht Tage sind verflossen. Monsignon hat noch Leib=
schmerzen, obgleich er zwei Flaschen von Postulant's Eli=
zir zu sich genommen. Er geht viel weniger in Abendge=
sellschaften, wo man sich jetzt ziemlich kalt gegen ihn be=
nimmt, weil er seinen Hut nimmt und davonläuft, sobald
von Martin gesprochen wird.

Die Klatschschwestern des Ortes erschöpfen sich in
Muthmaßungen. Die Gesellschaften sind viel weniger un=
terhaltend, seitdem man über den Bewohner des Spinat=
hauses nichts Neues mehr erfährt.

Madame Valbrun geht fast täglich allein spazieren,
aber Niemand mag ihr auflauern oder folgen; der Zustand,
in welchem man Monsignon gesehen, schüchtert die Neu=
gierigen ein, denn man glaubt immer noch, er habe von
Martin Prügel bekommen.

Die hübsche Pariserin allein hat ihre heitere Laune,
ihre Liebenswürdigkeit behalten; sie scheint seit einiger Zeit
sogar viel heiterer. Das Lächeln ist fast immer auf ihren
Lippen; kurz, ihr ganzes Wesen athmet Glück und Zufrie=
denheit.

Clementine überließ sich ganz dem Liebesglücke —
und dieses Glück ist sehr süß, wenn es anfängt und getheilt
wird. Täglich fand sie den jungen Mann mit dem spitzen

Hute wieder, und täglich ward er liebenswürdiger, zärtli-
cher, zuvorkommender. Und wenn Clementine ihn fragte:

»Aber endlich werden Sie mir doch sagen, wer Sie
sind, was Sie treiben, in welchem Verhältnisse Sie zu der
Dame stehen, welche das Mirlitonlied singend zu Ihnen
geht?«

Dann antwortete ihr der sogenannte Martin in dem
entschiedensten Tone:

»Ich bitte Sie, Madame, gedulden Sie sich nur noch
einige Tage. Ich werde ihnen Alles sehr leicht erklären;
Sie werden sehen, daß ich Ihrer Achtung nicht unwürdig
bin und daß mein Benehmen an diesem Orte, wenn auch
etwas originell, doch keineswegs unehrenhaft war.«

Madame Valbrun ließ sich überreden, denn man
glaubt ja so gern, was man wünscht.

Madame Grospré hatte oft Lust, ihre Cousine aus-
zufragen. Endlich eines Morgens konnte sie sich nicht mehr
halten und sagte zu ihr:

»Wie ich höre, liebes Cousinchen, sprechen Sie zuweilen mit dem Eselsmanne Martin; man will Sie wenigstens mehrmals mit ihm gesehen haben. Ist es wahr?«

»Ja, Cousine, es ist wahr; ich habe die Bekanntschaft
dieses Herrn gemacht; er ist ungemein artig und ich plaudere sehr gern mit ihm.«

»Was! Cousine, Sie sprechen mit diesem Menschen!
fürchten Sie denn nicht sich zu compromittiren?«

»O nein, denn dieser Mensch — wie Sie ihn zu nennen
belieben — ist sehr gebildet, geistreich, vom feinsten Um-
gangston.«

»Was höre ich! Sie ſetzen mich in Erſtaunen! Er trägt ſich aber doch nicht wie ein anſtändiger Mann.«

»O, ſein Anzug, der Ihnen ſo anſtößig ſcheint, würde in Paris gar nicht bemerkt werden; er iſt wohl nicht ganz alltäglich, aber Künſtler tragen ſich oft ſo.«

»Er iſt alſo ein Künſtler?«

»Er hat mir's nicht geſagt, aber ich vermuthe es.«

»Dann muß er ein Schauſpieler ſein. Dieſe Leute wollen ſich immer bemerkbar machen, ſich vor Anderen aus=zeichnen. — An welchem Theater ſpielt er?«

Madame Valbrun zuckt die Achſeln und antwortet ſich entfernend:

»Das weiß ich nicht, Couſine.«

Die umfangreiche' Phöbe ſagte zu ſich:

»Meine Couſine hat ſich in dieſen Komödianten ver=liebt. — Sie iſt von Sinnen, ſie wird um ſeinetwillen eine Thorheit begehen . . . ſie compromittirt ſich ſchon. — Einſt=weilen will ich allenthalben erzählen, was ich erfahren habe.« —

Zwei Tage nach dieſer Unterredung hatte ſich ein großer Theil der Grospré'ſchen Sippſchaft gegen Mittag verſammelt, um das Kirchweihfeſt eines benachbarten Dor=fes zu beſuchen. Das Wetter war herrlich. Madame Val=brun hatte ſich bereden laſſen, an der Partie theilzunehmen, und der kleine Poet, der ſich endlich von ſeiner Unpäß=lichkeit erholt hatte, war auch dabei.

Die Geſellſchaft kam eben aus der Straße, in welcher der vormalige Bauunternehmer wohnte, als Poſtulant ihr in vollem Lauf entgegenkam.

Der Apotheker, der noch eine Kundſchaft beſuchen

mußte, hatte seine Frau mit dem Versprechen, bald nach=
zukommen, fortgehen lassen.

Er ist ganz in Schweiß gebadet und seine Ehehälfte
sagt zu ihm:

»Warum erhitzest Du Dich so? Du wärest immer
noch früh genug gekommen.«

»Ich bin gelaufen, weil ich etwas Drolliges gesehen
habe. Ich wollte der Gesellschaft sagen, sie möge langsam
gehen . . . er wird über diesen Platz kommen, er kann, von
der Eisenbahn kommend, keinen andern Weg nehmen. Er
hält still und spricht mit Herrn Frémont, sonst wäre er
schon vorbei.«

»Wen meinen Sie denn?«

»Wer wird hier vorbeikommen?«

»Herr Martin auf seinem Esel.«

»Und das scheint Ihnen so drollig? Deshalb sollen
wir hier warten?«

»Man hat von Herrn Martin gesprochen? Ich bin's
nicht gewesen,« ruft Monsignon. »Ich will mir nichts auf=
bürden lassen, ich sage es Ihnen.«

»Es ist gut, Monsignon. Mein Gott, Sie sind ja
schon ganz blaß, da von dem Fremden die Rede ist.«

»Blaß? O nein, ich bin gar nicht blaß. Warum sollte
ich blaß sein? Ich muß im Gegentheil sehr roth sein . . .
meine Wangen glühen.«

»Sagen Sie doch, Herr Postulant, warum sollen wir
denn stehen bleiben? Und was ist denn Merkwürdiges an
ihm und seinem Esel?«

»O, wenn er allein auf seinem Esel säße, wär's frei=
lich nicht der Mühe werth zu warten; aber er ist nicht al=

lein, er hat Jemand hinten aufsitzen . . . vermuthlich Jemand, den er von der Eisenbahn abgeholt hat.-

»Wirklich! er hat Jemand hinten aufsitzen?«

»Ja, und dieser Jemand ist ein Frauenzimmer.«

»Ein Frauenzimmer?«

»Ja, ja . . . und zwar ein junges Frauenzimmer, so
viel ich errathen konnte, denn sie trägt einen Schleier über
ihren Hut.«

»Merken Sie wohl, daß ich's nicht gesagt habe!«
rief Monsignon. »Ich bin dieser Neuigkeit durchaus fremd.
Es ist vielleicht nur eine Fabel.«

»Eine Fabel! Nun, die ganze Gesellschaft wird bald
sehen, ob ich gelogen habe. — Da kommt er, ich höre ihn
— er setzt seinen Esel in Galopp — er wird sogleich vor-
überreiten. — Achtung,, meine Damen!«

Die Gesellschaft hatte auf einem kleinen Platze, zu
welchem mehre Straßen führten, Halt gemacht. Bald sieht
man Martin auf seinem Esel aus einer derselben hervor-
sprengen, und es sitzt wirklich eine weibliche Gestalt hinter
ihm. Diese Schöne, deren Anzug ziemlich gewählt ist, trägt
einen Strohhut mit einem grünen Schleier, der ihr Gesicht verhüllt; aber mit beiden Armen umklammert sie den
Leib des vor ihr sitzenden Reiters, und scheint sich so fest zu
halten, daß sie allen seinen Bewegungen folgt.

Martin treibt seinen Esel noch mehr an, als er Leute
auf dem Platz bemerkt; er braust also im gestreckten Galopp an der Gesellschaft vorbei, ohne daß seine Dame auch
nur einen Augenblick auf der Croupe des Esels gewankt
hätte. —

Madame Valbrun hat Alles dies gesehen, sie ist roth

und dann sehr blaß geworden, denn dieses Mal hat sie wie die Andern mit ihren eigenen Augen gesehen, sie weiß nun, daß es keine Lüge, keine böswillige Verleumdung ist.

»Nun, habe ich Ihnen nicht die Wahrheit gesagt?« ruft Postulant der übrigen Gesellschaft zu. »War's nicht der Mühe werth, eine kleine Weile zu warten, um es zu sehen?«

»O ja, es war höchst unterhaltend.«

»Was für eine Sorte von Frauenzimmern kann sich so auf einen Esel hinten aufsetzen! — das ist leicht zu er= rathen,« sagt Madame Rifflard.

»Aber reiten kann sie, das muß man ihr lassen,« fügt Dupétral hinzu. »Welche Haltung! — wie sie sich an ihren Cavalier schmiegte!«

»Das ist wahr,« erwiedert Liroquet, »sie schien an ihn festgewachsen zu sein.«

»Daraus schließe ich,« sagt der Apotheker, »daß sie eine Kunstreiterin aus dem Hippodrom sein muß. Was sa= gen Sie dazu, Monsignon?«

»Ich sage gar nichts dazu, ich denke nichts, ich habe nichts gesehen —«

»Wie, Sie haben nicht gesehen, daß Herr Martin auf seinem Esel vorbeijagte und ein ihn umklammerndes Frauenzimmer hinter sich hatte?«

»Er brauste so schnell an mir vorüber, daß ich nichts unterscheiden konnte. Das ist meine Meinung.«

Madame Valbrun sagt nichts; sie bietet ihre ganze Selbstbeherrschung auf, um ihren Seelenschmerz zu verber= gen. Alle Damen sehen sie mit spöttischer Miene an, und

scheinen sich der in ihrem Gesichte vorgegangenen Verän=
derung zu freuen.

Man setzt sich in Bewegung, um sich zum Kirchweih=
feste in das benachbarte Dorf zu begeben. Aber nach fünf
Minuten sagt Madame Valbrun zu Phöbe:

»Cousine, es thut mir sehr leid, daß ich Sie nicht wei=
ter begleiten kann, aber ich fühle mich sehr unwohl — ich
kann nicht weitergehen —«

»Wie, Sie sind krank, schöne Cousine? Ist denn dieses
Unwohlsein so plötzlich gekommen?«

»Ja — vermuthlich von der Hitze. Ich will nach
Hause gehen und mich ausruhen.«

»Wünschen Sie eine Begleitung?«

»Darf ich Ihnen meinen Arm anbieten, Madame?«
sagt der große Dupétral.

»Ich danke Ihnen,« antwortet Clementine; »ich will
nicht, daß mir Jemand das geringste Opfer bringe, es
würde mir höchst unangenehm sein. Wir sind ja überdies
noch ganz nahe bei dem Hause meiner Cousine. — Auf
Wiedersehen also und viel Vergnügen.«

Clementine empfiehlt sich der Gesellschaft und begibt
sich in Grospré's Haus zurück.

»Wir wissen wohl, woher ihre Unpäßlichkeit kommt!«
sagt Madame Rifflard, sobald sich die junge Witwe ent=
fernt hat; »es ist der Aerger, der Zorn, daß ihr . . .
Martin ein Weibsbild mit auf seinen Esel genommen!«

»Ja, das ist die Ursache!« bestätigt Phöbe. »Aber
es ist auch empörend, daß eine gebildete Frau sich in einen
Komödianten verliebte.«

»Wer hat Herrn Martin einen Komödianten ge=

nannt? Ich erkläre, daß ich's nicht gewesen bin,« ruft Monsignon. »Und ich glaube auch nicht, daß er's ist.«

»Und wenn er's wäre, so würde nichts daranliegen,« erwiedert Dupétral. »Das nicht mehr gebräuchliche Wort Komödiant stammt aus der Zeit der wandernden Gesell= schaften, die uns Scaron in seinem »Roman comique« schildert. Heutzutage sind die Schauspieler Menschen wie alle andern; sie sind gebildet, oft geistreich und witzig, fast immer unterhaltend, und man sucht ihre Gesellschaft, weil mit ihnen weit besser umzugehen ist, als mit manchen reich= gewordenen Tröpfen, die sich gar viel auf ihre Thaler ein= bilden.«

»Das ist auf Grospré gemünzt! flüstert der Apo= theker.

»Da hat er seinen Theil!« sagt der Bauunternehmer mit einem Seitenblick auf Liroquet.

»Damit ist Postulant gemeint!« sagt Breuillet für sich.

So schiebt Einer die Schuld auf den Andern.

Das Kirchweihfest hat die Gesellschaft ziemlich lange gefesselt, und man kommt erst spät am Abend nach Hause.

»Wie geht's meiner schönen Cousine?« fragt Madame Grospré höhnisch ihre Köchin; »hat ihre plötzliche Unpäß= lichkeit Fortschritte gemacht?«

»Ich weiß nicht, Madame, ob Ihre Cousine Fort= schritte gemacht hat,« antwortet die Köchin in ihrer plum= pen Manier; »aber ich weiß, daß sie weit von hier sein muß, wenn sie immer noch auf den Füßen ist.«

Was wollen Sie damit sagen, Kunigunde?«

»Es ist ganz klar. Ihre Pariserin packte, als sie

nach Hause kam, ihren Koffer und schickte ihn sammt Nacht=
säcken und Bündeln durch den alten tauben Gärtner auf
die Eisenbahn. Um vier Uhr ist sie abgefahren.«

»Abgereist! Meine Cousine ist abgereist, ohne mir
etwas zu sagen, ohne Abschied zu nehmen! . . . Das ist zu
arg!«

»Sie hat einen Brief an Sie zurückgelassen. Da
ist er.«

Phöbe erbricht hastig das Billet und liest:

»Liebe Cousine, entschuldigen Sie mich, daß ich so
plötzlich abreise. Eine wichtige Angelegenheit und die Sorge
für meine Gesundheit machen meine Anwesenheit in Paris
nothwendig. Empfangen Sie daher den Ausdruck meines
Bedauerns mit meinem herzlichsten Dank für Ihre Gast=
freundschaft und empfehlen Sie mich Ihrem Gemal.

»Ich werde Ihnen baldigst Nachricht von mir geben.

»Ihre ergebenste

»Clementine Valbrun.«

»Ich falle aus den Wolken!« sagt Madame Grospré,
die sogleich zu ihrem Manne eilt, um ihm den Brief zu
zeigen.

»Ich habe Boulingrin auf morgen zum Diner einge=
laden,« antwortet der Bauunternehmer; »er ist mir im
Piquet Revanche schuldig.«

Die Kunde von der plötzlichen Abreise der Pariserin
liefert den folgenden Tag überreichen Gesprächstoff für die
ganze Stadt.

»Sie ist aus Zorn abgereist!« sagt Madame Riff=
lard.

»Aus Eiferſucht!« ſagt Madame Poſtulant.

»Aus Aerger!« ſagt Madame Breuillet.

»Aus Verzweiflung!« ſagt Mignonnette.

»Nein,« verbeſſert Monſignon, »ſie iſt auf der Eiſen=
bahn abgereiſt.«

Fünf Tage ſpäter wird das Städtchen durch ein neues
Ereigniß in Bewegung geſetzt: der Bewohner des Spinat=
hauſes, der Eſelsmann Martin, iſt ebenfalls abgereiſt. Er
hat dem Krämer Girard die Schlüſſel zurückgegeben und
dieſem freigeſtellt, über das Landhaus zu verfügen, weil er
nicht zurückzukommen gedenke.

»Ein unwiderleglicher Beweis, daß Sie mit einander
einverſtanden waren!« ſagt Madame Rifflard. »Madame
macht ſich zuerſt aus dem Staube, und der Andere folgt
ihr beinahe auf dem Fuße. — Das war nicht ſchlau aus=
gedacht!«

»Ach, meine arme Couſine!« ſeufzt Phöbe; »ſollte
ſie ſo unvernünftig ſein, dieſen Hiſtrionen Martin auch in
Paris wiederzuſehen!«

»Merken Sie wohl,« ſagt Monſignon, »daß ich das
Wort Hiſtrione auf dieſen Herrn nicht angewendet habe,
und daß ich dieſen Ausdruck ſehr gewagt finde.«

XXV.

Der Anzeigebrief.

Drei Wochen ſind verfloſſen, und in dem Städtchen
fängt man an etwas weniger von der hübſchen Pariſerin
und von Martin zu ſprechen, da erhält das Ehepaar
Grospré einen Anzeigebrief, der folgendermaßen lautet:

„Madame Clementine Dalbelle, Witwe Valbrun, hat die Ehre, Ihnen ihre Vermälung mit dem Historienmaler Herrn Stephan Didier anzuzeigen."

Ein zweites Blatt enthält folgende Worte:

„Herr Alexander Didier, Rechtsconsulent, hat die Ehre, Ihnen die Vermälung seines Sohnes Stephan Didier mit Madame Clementine Dalbelle, Witwe Valbrun, anzuzeigen."

„So! meine Cousine hat sich also wieder verheiratet. Das ist ja sehr schnell gegangen!" sagt Phöbe erstaunt. „Wer ist denn dieser Maler Stephan Didier, den sie geheiratet hat? Sie hatte mir von diesem Herrn nie etwas gesagt, ja nicht einmal seinen Namen in meiner Gegenwart genannt."

Und Madame Grospré eilt mit dem Brief zu allen ihren Bekannten und fragt, ob man diesen Maler, mit dem sich ihre Cousine verheiratet, dem Namen nach kenne.

„Stephan Didier!" sagt Dupétral. „Der ist ja einer unserer ersten Maler, einer von denen, die zu den schönsten Hoffnungen berechtigen. Er soll eben jetzt ein herrliches Bild im Auftrage der Regierung vollendet haben."

„Ja," fügt Postulant hinzu, „ich habe diesen Namen oft in den Zeitungen gelesen, und zwar immer von rühmender Anerkennung begleitet."

„Stephan Didier!" wiederholt Monsignon. „O, den kenne ich sehr gut ... ich habe ihn freilich nie gesehen, aber sehr viel von ihm gehört."

„Es scheint," fügt Madame Rifflard lachend hinzu, „daß der liebenswürdige Martin ganz vergessen ist. —

Ha! ha! es freut mich, ich konnte den spitzen Hut nicht ausstehen!«

Und da Frémont eben von Paris gekommen war und sich in der Gesellschaft befand, wo diese Dinge besprochen wurden, so wendet sich Madame Grospré an ihn und sagt höhnisch:

»Nun, was sagt Ihr Freund, das bärtige Original mit der Blouse, zu dieser Heirat?«

»Wen meinen Sie?«

»Ihren Freund Martin, den Eselsmann.«

»Ja so, meinen Freund, der das Spinathaus be= wohnt hat?«

»Ganz recht, und der einen Esel hatte. Was sagt er zu der Verheiratung meiner Cousine?«

»Er ist überglücklich, entzückt . . . denn er ist jetzt der glücklichste Mensch von der Welt.«

»Wie so?«

»Er hat sich ja mit der Erwählten seines Herzens vermält.«

»So! er hat sich also seinerseits ebenfalls verhei= ratet?«

»Ja wohl, er seinerseits und Ihre Frau Cousine ihrerseits.«

»Wer ist denn seine Erwählte?«

»Sie wissen's recht gut, Sie haben ja den Anzeigebrief erhalten?«

»Was wollen Sie damit sagen?«

»Die klare, einfache Wahrheit: daß der sogenannte Martin und Stephan Didier eine und dieselbe Person sind. In Paris führte er ein etwas regelloses Leben und war beständig von zudringlichen Menschen umgeben; er ersuchte mich daher, ihm ein Landhaus zu miethen, um allein zu sein, sich ganz der Arbeit zu widmen und das schöne Gemälde, mit dessen Ausführung er beauftragt war, zu vollenden. Er hatte überdies seinem Vater das feierliche Versprechen gegeben, hier das strengste Incognito zu bewahren und erst nach der Vollendung seines Bildes wieder nach Paris zu kommen.«

Alle Anwesenden sind verblüfft. Aber die Witwe Rifflard, die immer Recht behalten will, entgegnet:

»Sie sagen, Ihr Freund habe allein sein wollen? Aber er hatte doch immer zwei junge Leute bei sich.«

»Ja, einen Farbenreiber und einen Schüler. Ein Maler braucht gar oft Gehilfen.«

»Und die Demoiselle, die ihn besuchte und auf der Straße das Mirlitonlied sang?«

»Sie war ein Modell; sie saß ihm für sein historisches Gemälde. Ein Maler kann ein bedeutendes Kunstwerk ohne Modell nicht ausführen.«

»Aber das andere Frauenzimmer, das er hinter sich auf dem Esel sitzen hatte . . . war's auch ein Modell?«

»O nein, es war nur eine Gliederpuppe, die er von Paris hatte kommen lassen, weil sie ihm unentbehrlich war. — Man hat auf der Eisenbahnstation herzlich gelacht, als er die Gliederpuppe hinter sich auf seinen Esel setzte.«

»Es war eine Gliederpuppe!« ruft Monsignon frohlockend. »Ich hätte darauf gewettet. Wie hätte sich auch ein lebendes Frauenzimmer so fest an ihm halten können. —Es war eine Gliederpuppe, es war ganz unverkennbar.«

Dieses Mal findet Madame Rifflard nichts mehr zu erwiedern, und die ganze Gesellschaft schweigt verlegen.

»Apropos, Herr Monsignon,« fügt Frémont, sich an den Poeten wendend, hinzu; »mein Freund Stephan hat erfahren, daß Sie ihn seit einiger Zeit, wenn von ihm die Rede war, immer in Schutz genommen haben; er hat mich daher beauftragt, Ihnen als ein Zeichen wärmster Anerkennung Ihres Talentes seinen Esel anzubieten.«

»Ich nehme ihn an,« erwiedert Monsignon, »ich nehme ihn sogar mit stolzem Selbstbewußtsein an, denn er hat ja Herrn Stephan Didier gehört! . . . Ich sage nicht wie Prudhomme:

> Dieser Esel ist, was man auch sagen mag,
> Meines Lebens schönster Tag!

Ich mache eine Variante dazu und sage:

> Ein Geschenk, das ich vom Künstler habe,
> Ist fürwahr der Götter schönste Gabe!«

Hat der Leser oder die Leserin jetzt errathen, in welcher Stadt sich alles dies zugetragen hat?

Bayerische
Staatsbibliothek
München

Ende.

Druck und Papier von Leopold Sommer in Wien.